Siempre es cuestión de amor

SUSANNA CASCIANI

Siempre es cuestión de amor

Traducción de
Ana Ciurans

Grijalbo narrativa

Papel certificado por el Forest Stewardship Council®

Título original: *Sempre d'amore si tratta*
Primera edición: marzo de 2020

© 2018, Mondadori Libri S.p.A., Milán
© 2020, Penguin Random House Grupo Editorial, S. A. U.
Travessera de Gràcia, 47-49. 08021 Barcelona
© 2020, Ana Ciurans Ferrándiz, por la traducción

Penguin Random House Grupo Editorial apoya la protección del *copyright*.
El *copyright* estimula la creatividad, defiende la diversidad en el ámbito de las ideas y el conocimiento, promueve la libre expresión y favorece una cultura viva. Gracias por comprar una edición autorizada de este libro y por respetar las leyes del *copyright* al no reproducir, escanear ni distribuir ninguna parte de esta obra por ningún medio sin permiso. Al hacerlo está respaldando a los autores y permitiendo que PRHGE continúe publicando libros para todos los lectores.
Diríjase a CEDRO (Centro Español de Derechos Reprográficos, http://www.cedro.org)
si necesita fotocopiar o escanear algún fragmento de esta obra.

Printed in Spain – Impreso en España

ISBN: 978-84-253-5827-2
Depósito legal: B-496-2020

Compuesto en Fotoletra, S. A.

Impreso en Black Print CPI Ibérica
Sant Andreu de la Barca (Barcelona)

GR 58272

Penguin
Random House
Grupo Editorial

A quien tiene miedo de que lo cojan de la mano

Te dijeron que te mostraras fuerte, que no pusieras al descubierto tus debilidades. Te dijeron que fueras comedido en el amor, que no lloraras. ¿Te acuerdas de lo que te repetían cuando eras pequeño? «No llores, ya eres mayor.» «No llores, los superhéroes no lloran.» Tal vez tuvieran razón, quizá podrías continuar como hasta ahora: fingiendo, conteniéndote, dando noventa en vez de cien, protegiéndote. Pero quizá sientes que algo dentro de ti ha dejado de funcionar. En ese caso, ¿sabes qué podrías hacer? Podrías volver a llorar. Podrías admitir que eres frágil, eso te hace más vulnerable, es cierto, pero también más proclive a los abrazos. ¿No te gusta que te abracen? ¿No te gustaría que te abrazaran más? Tienes derecho a sufrir, a pasarlo mal, si eso es lo que quieres, a encerrarte en casa y a refugiarte en tu silencio. Tienes derecho a amar como un loco, perdidamente, sin reservas, sin control, sin reglas. Tienes derecho a equivocarte, pero sobre todo tienes derecho a intentarlo. A intentar ser feliz, a darlo todo, a hacer lo que sea por alguien, por algo, por un sueño. Tienes derecho a dar alas a la esperanza, a los deseos, a los besos. Quizá sea cierto, quizá es necesario defenderse, puede que eso te proteja del sufrimiento, pero quien no se arriesga a sufrir tampoco se arriesga a ser feliz.

Y yo te conozco, me acuerdo de ti: tú naciste para ser feliz.

Marina
la maestra de Livia

Son casi las cuatro y media.

Echo un último vistazo a mi alrededor para asegurarme de que todo está en su sitio. Los libros de lectura están colocados por orden de altura sobre el alféizar de la ventana, los pósteres que cuelgan de las paredes dan al aula un aspecto más acogedor, los boletines de calificaciones están dispuestos sobre mi mesa en sus fundas de plástico, la pizarra está limpia y yo debería estar presentable después de pasar dos horas en la peluquería.

El día de la reunión de padres no se permiten errores. Si lo tengo todo controlado (dentro de lo posible) estoy más tranquila.

Soy maestra desde hace veinte años, y con esa experiencia a mis espaldas podría permitirme el lujo de improvisar alguna clase, pero no soy capaz de hacerlo. Cada noche, después de cenar, en vez de sentarme en el sofá a ver la televisión, preparo las actividades del día siguiente. La verdad es que detesto los imprevistos y no soporto las sorpresas, da igual que sean buenas o malas. Me cuesta trabajo creer que haya alguien a quien le gusten.

Edoardo Fabbri, el papá de Livia, ya está esperando fuera, me he cruzado con él cuando he llegado. Estaba sentado en el banco que hay delante del colegio y en cuanto me ha visto se ha levantado y ha venido a mi encuentro con la mirada ansiosa y expectante.

—¡Buenas tardes! ¿Se puede?

—Buenas tardes. Debería esperar un momento. Los bedeles están acabando de limpiar las clases. Le avisarán en cuanto estén listas.

—Perfecto, gracias.

Siempre la misma historia, desde hace cuatro años: fijo un horario para entregar las notas y él se presenta, como mínimo, veinte minutos antes.

Respiro profundamente, como si tuviera que contener el aliento un buen rato, me aliso la chaqueta, me pongo en la boca un caramelo de limón y le pido al bedel que haga entrar a los padres.

Al cabo de un minuto exacto, ni que decir tiene, el padre de Livia llama a la puerta de la clase.

—Permiso...

—Por supuesto, entre.

—Gracias. ¡Espero que haya buenas noticias!

—Tranquilícese, señor Fabbri. Su hija es muy buena, responsable y aplicada. Solo tiene algún problema con las matemáticas, nada de que preocuparse.

Cojo las notas de Livia y se las enseño a su padre.

Otra cosa que tampoco soporto es tener que evaluar a mis alumnos con una nota. Lo que yo querría es darles los instrumentos adecuados para enfrentarse a la vida; me gustaría enseñarles a caer, porque tarde o temprano es inevitable que suceda, pero también a volar, porque aceptar la felicidad no es tan fácil como parece.

—Va muy bien en lengua —empiezo a decirle—, y como ya le he comentado en otras ocasiones yo puntúo más bien bajo. Pero esta niña posee una fantasía desbordante y escribe unas historias encantadoras, tiene un don. De vez en cuando se deja alguna «h» por el camino, por supuesto, pero eso es lo de menos. Lo importante es que Livia es muy sensible y curiosa, no se le escapa nada, para ella los detalles son fundamentales. Es una escritora en ciernes, ¿se había dado cuenta?

Al padre de Livia le brillan los ojos mientras niega con la cabeza, y, puede que para justificar su falta de atención, me cuenta que su mujer, Caterina, no está bien.

—Estamos intentando averiguar qué podemos hacer por ella. Mientras tanto yo procuro que a ninguna de las dos les falte nada, sobre todo la esperanza, pero a veces no es fácil. Hay momentos en que tengo tentaciones de tirar la toalla.

De repente el malestar que he sentido al verlo sentado en el banco, torpe e impaciente, se convierte en ternura.

—Lo está haciendo muy bien, señor Fabbri. De verdad. Livia ha encontrado su refugio particular, un lugar alegre, confortable, casi mágico. Es tímida, pero sabe hacerse querer, estoy segura de que usted ya lo había intuido. Si quiere puedo entregarle las historias que ha escrito durante los últimos meses durante el recreo, con el bocadillo en una mano y el bolígrafo en la otra. Su mujer también podría leerlas.

—Sería un regalo maravilloso. Si no le importa…

—Por supuesto que no, espere un momento.

Me levanto, me dirijo al armario de los tesoros (lleno de dibujos, trabajos manuales y tarjetas hechas por los niños) y cojo la carpeta de Livia, que rebosa de papeles.

—Aquí la tiene. La mayoría son cuentos de fantasía. El protagonista es un niño llamado Enrico que descubre que tiene un poder mágico: cuando las personas lo tocan se acuerdan de sus deseos. Son relatos llenos de esperanza. Por eso le he dicho que lo está haciendo muy bien.

—Se lo agradezco mucho. No veo la hora de volver a casa para contárselo a mi mujer. Le compraré a Livia un cuaderno para que pueda escribir en él sus historias, ¿qué le parece?

—Es una magnífica idea. Hay que cultivar el talento como si fuera una flor silvestre: es cierto que se abren sin ayuda, pero debemos prestar atención a no pisarlas, a no maltratarlas. Ya me contará qué piensa su mujer.

—Lo haré sin falta, descuide. Gracias de nuevo.

Lo acompaño a la puerta y mientras me despido de él me doy cuenta de que se ha reunido un pequeño grupo de personas delante de ella.

—¡El siguiente! —digo sonriendo, pero es la sonrisa cansada de quien acaba de recordar que pocos sueños sobreviven al torbellino de la vida, la sonrisa de quien sabe que casi siempre acabamos enfrentándonos a algo muy diferente de lo que habíamos soñado.

Caterina
la madre de Livia

Esta mañana no me ha despertado el despertador ni el ruido sordo de las bolsas de basura al caer dentro del camión, tampoco la respiración pesada de Edoardo ni la luz de la farola que se filtra por las rendijas de la persiana, que no baja del todo. Hace meses que se ha atascado. Hemos intentado arreglarla varias veces, siempre con escasos resultados, así que al final la hemos dejado como está: al fin y al cabo, no todo tiene arreglo.

Esta mañana me he despertado porque tenía la impresión de que alguien se había sentado encima de mi pecho. O mejor dicho, porque tenía la impresión de que alguien estaba apretando mi corazón como si fuera una pelota de goma antiestrés.

He abierto los ojos asustada.

«Alguien ha intentado matarme. ¿Es posible que siga viva?», he pensado.

Me he llevado la mano al corazón. Mi pecho seguía ahí,

mis huesos y mi piel también. Todo estaba en su sitio, pero me costaba respirar.

El aire, todo el aire que había en la habitación, era insuficiente. Me he levantado bruscamente y he ido al baño procurando no hacer ruido.

Al mirarme en el espejo temía ver reflejado un monstruo, pero lo que he visto es mi propia imagen, aunque algo más pálida que de costumbre, desgreñada y empapada en sudor. Unas manchas negras rodeaban mis ojos: el rímel, había sobrevivido al desmaquillante, pero no a la noche. Los pensamientos se han agolpado en mi mente y de repente todo me ha parecido demasiado difícil, demasiado grande e insalvable.

«Tal vez eso es lo que se siente cuando se está a punto de morir», he pensado mientras me echaba agua fría en la cara. A oscuras, me he arrastrado hasta la cocina. He cogido el vaso de agua que había encima de la mesa, me he sentado en el sofá y me he concentrado en la respiración: parecía de nuevo normal, pero la sensación de opresión no había desaparecido del todo.

«Quizá debería llamar a alguien, despertar a Edoardo», he pensado mirando fijamente un punto en la penumbra del cuarto de estar. Sabía que no estaba a punto de morir, pero no podía quitármelo de la cabeza.

«Me estoy muriendo y no volveré a ver el cielo —pensaba—, no volveré a escuchar la radio mientras conduzco, no habrá un lugar para mí en este mundo. Mi cuerpo se convertirá en polvo, en viento, en luz, ya no tendrá solidez. No podré ir a trabajar. Ni siquiera dispondré de tiempo para avisar a mi familia. ¿Saldrán adelante sin mí? ¿Y Livia? ¿Qué hará sin mí?»

La imagen de mi hija caminando sola por la calle, sin saber a quién darle la mano, me ha dado fuerzas para levantarme del sofá.

«Tengo que ir a darle un beso», he susurrado para mis adentros, mi corazón volvía a latir acompasado.

Las persianas de la ventana del pasillo se habían quedado abiertas: Edoardo y yo a menudo nos olvidamos de bajarlas y luego nos echamos mutuamente la culpa. Me he asomado y he visto que estaba amaneciendo.

Ver esa tímida luz asomándose entre los tejados me ha proporcionado un poco de alivio.

He entrado en la habitación de Livia de puntillas para no perturbar sus sueños y me he echado a su lado con cuidado procurando no despertarla. Su aliento tibio me hacía cosquillas en la nariz y su piel olía a galletas. No la veía, pero la imaginaba con el pelo esparcido por la almohada y una expresión de serenidad. La idea de que el año próximo comience la secundaria se me ha antojado extraña.

—¿Eres tú, mamá?

—Sí cariño mío, soy yo. Duerme, todavía es pronto.

—Vale, mamá, pero ¿puedes quedarte conmigo?

—Sí, claro que sí. Me quedo contigo.

—Menos mal.

Y todos los temores que habían estado a punto de ahogarme han desaparecido al instante, se han disipado entre los dedos de su manita abierta buscando la mía.

Hemos dormido abrazadas, y hasta que ha sonado la alarma del reloj he soñado que nadaba despreocupadamente en un mar de aguas cristalinas.

Cuando nos hemos despertado, todo lo sucedido unas horas antes estaba olvidado: había que desayunar, vestirse, lavarse los dientes, repasar el poema y comprar un tentempié para el recreo.

Pero no todas las pesadillas se conforman con acompañarte una sola noche. Lo sé ahora que estoy de nuevo en la cama con mi marido, que duerme a pierna suelta a mi lado: en cuanto se ha hecho el silencio, he vuelto a tener miedo.

Bianca
la mejor amiga de Livia

Me trasladé a Montecatini hace tres meses y doce días. Antes vivía en Génova, pero mis padres han decidido venir aquí por motivos de trabajo. No me disgustó tener que marcharme, aunque despedirme del gato Tony, que vivía en nuestro mismo edificio, no fue fácil.

Vivir aquí no está tan mal: hay un bar que hace unas *focaccine* con Nocilla de rechupete, un parque lleno de jardines donde tumbarte a leer cuando no hace mucho frío y puedes ir a pie a casi todas partes.

Los profesores de mi nuevo colegio son bastante majos, salvo la Baldini que en vez de explicar historia nos hace leer los párrafos más importantes del libro de texto y quiere que los aprendamos de memoria. Cada vez que entra en clase siento unas ganas tremendas de sacar de la mochila la bolsa de patatas con sabor a tomate que siempre llevo en ella y comérmelas.

A mi lado se sienta Marco, un rubito engominado que

se burla de todos sin compasión. La tomó con mi pelo desde el primer día, según él lo llevo demasiado corto, y con mi pecho, «inexistente». Bueno, en eso lleva algo de razón, pero solo tengo trece años y según mis cálculos la cosa mejorará.

«Eres un chico, Bianca, venga ¡confiésalo de una vez!» y también: «¡Bájate los pantalones y demuestra quién eres!».

Esos son sus caballos de batalla, pero conmigo no cuelan. Paso de sus burlas y cuando me insulta me río de buena gana, por eso los profesores, que deben de pensar que somos amigos, nos han sentado juntos. Creo que por eso ha empezado a odiarme aún más, pero no estoy segura.

Por otra parte, no tengo ningún interés en gustar a quien no me gusta; es más, lo prefiero así. La única persona a quien quiero gustar es mi madre, a pesar de que ella no deja de repetirme que no valgo para nada, que soy una chiquilla insignificante e inútil, que nunca llegaré a ninguna parte.

Delante de mí se sienta Livia. Los profesores le llaman mucho la atención porque escribe continuamente, incluso cuando deberíamos estar haciendo otras cosas.

Livia me gusta: habla poco y sonríe a todo el mundo, creo que no tiene muchos amigos.

Por la mañana, cuando entra en clase, Marco le pregunta siempre lo mismo: «¿Cómo está tu mamaíta?». Entonces las chicas bajan los ojos y los chicos reprimen una carcajada.

Livia se pone roja, pero no de vergüenza, sino de rabia, lo mira con desprecio y se sienta en su sitio.

Marco la sigue y continúa impertérrito: «Uy, qué miedo

me das cuando me miras así, ¿qué vas a hacerme? ¿Vas a pegarme?».

«Me gustaría ser lo bastante fuerte para arrancarle todos los pelos de la cabeza», me confesó Livia un día cuando volvíamos a casa a pie.

Sí, porque Livia no solo es mi compañera de clase, también somos vecinas. La ventana de su habitación, en el primer piso, está al lado de la mía y cada noche antes de acostarnos hablamos de esmaltes, de música y de estrellas. Pero casi nunca de su madre.

Le confié que me gusta tanto bailar que de mayor quiero abrir una escuela de baile. Le he contado que nado como un delfín, que me sé de memoria los nombres de las constelaciones, que desafino como un gallo y que en cuanto pueda me teñiré el pelo de azul.

Después de contárselo, le dije: «Ahora tienes que guardar mis secretos. ¿Lo harás?», y ella se echó a reír bajito para que no la oyeran sus padres. Acto seguido se puso seria y antes de cerrar la ventana susurró: «Claro que sí».

Una vez le pregunté qué le pasaba a su madre y ella me respondió con tranquilidad:

—Has oído lo que dice Marco, ¿verdad? Hace unos meses me quitó uno de mis cuadernos y lo descubrió. Desde entonces no para de atormentarme.

—Lo siento... Si no quieres hablar de eso no pasa nada.

—Sí que quiero hablar. Bianca, mi madre, nació triste. Durante un tiempo hizo como si nada, pero después se derrumbó y la verdad salió a flote. Nació triste, y a pesar de las medicinas que toma, nunca está contenta de verdad. No sé si se curará, pero lo deseo con todas mis fuerzas. Me gustaría que fuéramos de vacaciones los tres juntos y que ella tuviera ganas de visitar algún museo, de ir a la playa o de salir a cenar. Me gustaría que volviera a despertarme por las mañanas, no como ahora que soy yo quien la despierta a ella, y me encantaría ver cómo se maquilla, cómo se arregla el pelo y cómo busca su mejor perfil delante del espejo. Hay días en que parece que está mejor, pero últimamente me ha surgido la duda de que estos sean precisamente los más difíciles para ella.

Inmediatamente después, como si nada, empezó a contarme que le gustaría escribir un libro y dedicárselo a sus padres, que escribir hace que se sienta distinta, en el sentido de especial, y que, según ella, por sus venas corren palabras en vez de sangre.

También me dijo:

—Los pensamientos que se pelean en mi cabeza sobre el papel hacen piruetas. —Y después añadió—: Ahora estamos empatadas. Tú también deberás guardar mis secretos. ¿Lo harás?

Entonces comprendí que seríamos buenas amigas.

—Claro, pero solo si me prometes que mañana escucharemos juntas a los Queen de camino al colegio. ¡Mis padres me han regalado el casete! ¡Por fin!

—Está bien, te lo prometo.

Debemos de ser un espectáculo para quienes nos ven caminando juntas: ella es ligera y elegante, se mueve como una nube transportada por el viento; yo, en cambio, soy nerviosa y saltarina, más que una nube parezco un saltamontes. Físicamente nos parecemos mucho, las dos somos espigadas y sin curvas, pero ella es más guapa. Yo camino deprisa, concentrada en la música y en mis pasos, ella se queda siempre atrás, se distrae con la naturaleza, pero sobre todo con las personas.

A Livia le gusta mucho la gente, aunque mantiene una distancia de seguridad con todo el mundo. A mí, sin embargo, no demasiado. A ella le gusta la música italiana, mientras que yo no la soporto, pero desde que somos amigas hemos hecho un pacto: escuchamos todo tipo de música sin quejarnos.

Llevamos un diario que escribimos las dos en semanas alternas. La semana que le toca a ella, las páginas se llenan de cuentos fantásticos en que nos vengamos de Marco. O nos subimos a un tren y vamos a la playa a escondidas o encontramos a una señora muy rara que nos cuenta con todo lujo de detalles cómo y cuándo encontraremos el amor.

La semana que me toca a mí, en cambio, las páginas empiezan siempre así:

Querida Livia, el colegio me mata.
No tengo ganas de hacer nada, solo quiero dormir. ¿Has visto la pinta que tiene ese *** de Marco? ¿Acaso cree que es guapo?

Y acaban más o menos así:

¿Te has enterado de que fulanito y menganita salen juntos?

¿Crees que ya se han besado? ¿Dará asco besar a alguien?

Ahora te dejo.

Adiós, Livia, no olvides que te quiero.

Estoy obsesionada con los besos, no sé por qué. En realidad, tengo miedo de que besar no sea tan sensacional como dicen, tengo miedo de que no me guste toda esa saliva, las lenguas resbaladizas y viscosas, los sabores que se mezclan.

¿Se podrá vivir sin besar a nadie?

Livia no tiene dudas.

«Besar debe de ser espectacular. A lo mejor es como hablar de todo en un instante sin decirse nada, ¿sabes? Yo creo que también debe de ser como bailar, por eso estoy segura de que te gustará.»

Me parece que le gusta Lorenzo, un compañero de clase. No me lo ha dicho, lo sé porque cuando pronuncia su nombre se pone nerviosa y habla en voz baja, como si tuviera miedo de que la oigan, como si estuviera prohibido nombrarlo. Me ha contado que Lorenzo es el único que ha seguido dirigiéndole la palabra después de que Marco ha puesto a todos los chicos en su contra, y que ella no soporta que se burlen de él por su peso. «Yo lo encuentro mono a pesar de los kilos de más», me dijo en voz baja una noche antes de acostarnos, y cuando intenté tantearla cambió de tema.

Yo, por mi parte, también tengo un secreto que no logro confesarle a pesar de que es la mejor amiga que he tenido en toda la vida y de que sé que contárselo me ayudaría a estar mejor.

Una vez estaba en los vestuarios de la piscina y a mi lado había una chica completamente desnuda poniéndose crema hidratante en las piernas. Tenía el pecho perfectamente proporcionado con respecto al cuerpo y al mirarla me dieron ganas de tocarla.

Desde entonces pienso en eso a menudo, pero me da vergüenza.

Hace unos días que no tengo noticias de Livia. Por las noches doy golpes en la pared procurando no hacer mucho ruido, pero nunca responde. Noto su presencia al otro lado, sus movimientos, sus pasos lentos, pero sé que por algún motivo no quiere hablar conmigo.

Esta mañana su silla seguía vacía y cuando los profesores han pasado lista nos han preguntado si sabíamos algo de ella.

—¿Qué le ha pasado a Fabbri? ¿Alguien lo sabe? ¿Bianca?

—No, no sé nada, lo siento.

—¡Estará en el manicomio! —ha soltado Marco.

Entonces no he podido contenerme.

—¡Debe de gustarte mucho porque te pasas el día hablando de ella!

Lo he cogido por sorpresa y se ha quedado callado, después ha estallado en una carcajada fragorosa. Demasiado fragorosa.

«Te he pillado», he pensado; inmediatamente después he pedido permiso a la profesora para ir al baño.

Cuando he vuelto, habían escrito «cabrona» en mayúsculas sobre mi pupitre.

He aquí la confirmación.

La última página del diario de Livia, de la semana pasada, decía lo siguiente:

> Querida Bianca:
> Me parece que estaremos un tiempo sin vernos. Mi madre no se encuentra bien y no queremos dejarla sola. A lo mejor si estamos todo el día con ella, mejora.
> No te preocupes por mí. No dejes de escribir en el diario.

Era sábado.

Hoy es jueves.

Como nunca he sido de las que se rinden a la primera dificultad, en cuanto he llegado a casa he intentado reunir algo de dinero para darle una sorpresa. He contado la calderilla: tres mil doscientas liras.

He salido a toda prisa en dirección a la pastelería que está al final de la calle. Mi madre me ha seguido hasta la verja, donde le he gritado que me dejara en paz.

«Me las voy a cargar —he pensado—, pero no me importa.»

He comprado seis lionesas de chocolate y le he pedido al cajero que me diera una tarjeta.

He escrito: «Recuerda que no estás sola. No te las comas demasiado deprisa como haces siempre y vuelve conmigo en cuanto puedas».

He dejado la bandeja con los pasteles delante de la puerta de su casa deseando que fuera ella quien la encontrara, y he vuelto a casa.

Mi madre me estaba esperando sentada en el sofá con aspecto amenazador. Me ha dicho que soy una decepción constante para ella; yo no le he prestado atención y se ha enfadado todavía más.

Horas más tarde, cuando mi padre ha vuelto del trabajo, ha encontrado un sobre amarillo delante de la puerta. En él ponía: «Para Bianca». Mi madre ha intentado apoderarse de él, pero yo he sido más rápida. Le he arrancado el sobre de las manos, me he escapado a mi habitación y he cerrado la puerta con llave.

Ahora estoy tumbada en la cama escuchando música y mirando fijamente el techo: siempre ha sido uno de mis pasatiempos favoritos.

Tengo la nota de Livia apoyada en la frente. Solamente pone «Gracias, eres una persona especial», pero para mí es mucho porque hasta ahora nadie me había agradecido nada y, sobre todo, porque es la primera vez que alguien me dice que soy especial.

Rosa
la abuela de Livia

—¡Ven aquí, Livia! ¡Intenta pillarme, a ver si puedes!

—¡Claro que puedo, Bianca! ¿Todavía no te has dado cuenta de que soy más rápida que tú? ¡Mírame, abuela, soy un rayo!

Sonrío a mi nieta y le pido que no grite, tal vez los demás bañistas quieran descansar un rato.

Es junio y el curso ha acabado hace poco, el aire es primaveral aún y hay muy poca gente en la playa.

Livia, Bianca y yo hemos cogido el tren que sale de Montecatini a las ocho y diez y a las nueve ya estábamos en la estación de Viareggio. Hemos comprado tres bocadillos de salami, otros tres de mortadela y zumos de fruta fríos en un colmado que hemos encontrado por el camino, y, cargadas de libros y de cremas solares, nos hemos encaminado a la playa.

Caterina, la mujer de mi hijo Edoardo, me pidió ayer que acompañara a Livia y a su amiga a bañarse en el mar. Me dijo:

«No quiero que pase todo el verano en casa preocupándose por mí. Solo tiene catorce años y no se merece vivir rodeada de tanta tristeza. Me gustaría que se divirtiera un poco. Llévala a la playa, Rosa, por favor. Llévala a la playa como solía hacer yo».

Y eso he hecho, aunque no sé nadar y tengo un dolor tan fuerte en la rodilla izquierda que cada paso que doy es una tortura para mí. He alquilado una sombrilla lo más cercana posible a la orilla, y antes de que se bañaran les he contado el flechazo que tuve a su edad por un guaperas de rizos dorados y músculos de acero que se ocupaba de las tumbonas y las hamacas.

—Pasaba el mes de agosto en la playa con mis padres. Cada tarde, para poder esperarlo, le decía a mi madre: «Vete tranquila, mamá, yo voy dentro de poco». Mi madre me lo permitía porque nuestro apartamento estaba muy cerca del mar y porque había comprendido que habría sido un error impedírmelo. El chico que me gustaba llegaba poco antes de que se pusiera el sol y empezaba a recoger las últimas filas de sombrillas mientras cantaba unas canciones que era imposible que yo conociera porque en mi casa nunca se escuchaba música. Lo esperaba sentada en la orilla, con la mirada perdida en el horizonte y la melena al viento. Él ni siquiera se dignaba mirarme, pero a mí me daba igual. Tenía amor de sobra para los dos.

—¡Abuela, no digas esas cosas!

—Pues sí las digo, Livia. Vosotras también os enamoraréis un día, ¿qué te piensas?

—¿De verdad lo cree, señora Rosa?

—Por supuesto, Bianca. Por supuesto que lo creo. Nadie puede escapar a ciertos sentimientos. Podemos escondernos, pero tarde o temprano nos encuentran.

Miro a mi nieta y reconozco sus ojos soñadores, tan parecidos a los míos, las mejillas encendidas y la expresión embobada cuando piensa que tarde o temprano sabrá qué es el amor. Los mayores suelen enseñar a los jóvenes que no hay que fiarse, que nada es para siempre, y que el escepticismo nos ahorra muchos problemas. Pero yo no estoy de acuerdo y me gustaría que estas dos niñas algo crecidas comprendieran que aunque la realidad no sea como los cuentos de hadas, no se puede vivir sin ilusión.

—¿Y qué pasó con el chico de las tumbonas? ¿Os besasteis?

Livia siempre ha sido muy curiosa. Bianca parece más insolente que ella, pero solo es una primera impresión. Bajo el maquillaje, las veintinueve pulseras de tachuelas y su descaro, se oculta una chica patosa y asustada, percibirlo no es tan difícil como ella cree.

—No, Livia. Él era mayor que yo, para él yo era solo una niña. Cuando me veía me saludaba y me preguntaba: «¿Dónde están tus padres? ¿Ya se han ido a casa?», y yo con orgullo respondía que sí, que estaba sola. Él me sonreía y me decía que me fuera a casa, que no tenía edad para andar por ahí sola, sin mis padres. Entonces yo me tragaba las lágrimas, me levantaba de mi sitio estratégico y me iba a casa con la cabeza gacha y el corazón a la altura de las suelas de mis zapatillas rosa y azul celeste, que me ponía al salir de la arena. Las detestaba. Sospechaba que Rizos Dorados no me correspondía por culpa de aquellas zapatillas.

»Cada noche antes de dormirme me prometía a mí misma que al día siguiente no me quedaría a esperarlo, pero cuando llegaba la hora, las ganas de verlo eran más fuertes que yo: es tan difícil encontrar a alguien que haga mella en tu corazón que cuando ocurre no quieres perderlo, aunque sepas que deberías olvidarlo.

»La última tarde me armé de valor y me acerqué a él, le ayudé a ordenar las tumbonas y a quitar la arena de las mesitas. Él me miró a los ojos por primera vez en treinta días. Lo que vio debió de gustarle porque de repente me acarició el pelo. Una caricia ligera, casi imperceptible, pero tan poderosa que en un instante puso mi mundo patas arriba.

»"Gracias por ayudarme", dijo, después apartó la mirada y siguió trabajando.

»Yo sabía que no podía darme nada más, y no me entristecí. Ya tenía todo lo que necesitaba: ese recuerdo me ha salvado muchas veces. Tal vez no os lo creáis, pero es así. Cuando luchas con uñas y dientes todos los días y pierdes la batalla, todo lo que te queda es un puñado de recuerdos.

—¡Yo la creo, señora Rosa!

—¿Y tú, Livia? ¿Me crees?

Mi nieta siguió mirando el mar, pensativa, durante unos instantes, después se levantó de golpe. Me dio un beso en la mejilla y me dijo:

—Claro que sí, abuela. Siempre dices la verdad, lo sé.

Guardo dos o tres recuerdos como ese: las caricias que yo no quiero olvidar me las ha dado mamá.

Esa es Livia: con una espontaneidad apabullante pronuncia frases que te descolocan, para volver a refugiarse en su silencio. No le da vergüenza mostrarse vulnerable, es sincera de un modo casi doloroso, y eso la hace especial, aunque ella no lo sepa.

—Mi madre nunca me acaricia, señora Rosa —interviene Bianca—, solo me da sonoras bofetadas.

Lo sospechaba, pero preferí guardarme lo que pienso.

—Pues ven aquí, Bianca. Mejor dicho, venid las dos y abrazadme, luego podéis iros, no tenéis que quedaros todo el día a mi lado. ¡Con una vieja de carabina no se os acercará nadie!

Nos hemos abrazado, Livia me ha hecho cosquillas y Bianca se las ha hecho a Livia, por eso ahora se persiguen por la orilla.

Viéndolas jugar en el agua me siento más tranquila que cuando hemos salido de casa.

Caterina ha empeorado mucho este último año. Lo que al principio pensamos que era un agotamiento nervioso corriente debido al cansancio y al estrés, se está transformando en una criatura cruel y horrible a medida que pasa el tiempo.

Me trasladé por unos meses a casa de mi hijo porque me di cuenta de que él solo no podía con todo. Empecé por las cosas más sencillas: las lavadoras, el polvo en los rincones menos accesibles de la casa, los platos sucios. Después pasé a otras más complicadas: abrazar a Caterina cada mañana, hablar con Edoardo, ganarme la confianza de Livia.

Al principio no fue fácil, pero cuando mi nieta me abrió las puertas de su mundo, comprendí que hay personas a las que no se les vuelve fácilmente la espalda.

Tenía miedo de que su corazón puro y desbordante sufriera por todo lo que está pasando, pero creo que por ahora no ha hecho mella en ella. De vez en cuando la oigo hablar con las estrellas en voz queda, sentada en el balcón de la cocina. Tiene dos o tres deseos y creo que es bueno que los cultive. ¿No es acaso olvidar nuestros deseos el octavo pecado capital? ¿Y cuál es la pena? ¿Apagarse? ¿Marchitarse sin haber florecido ni una sola primavera?

La oigo reír, la veo saltar cada vez más alto, como si quisiera atrapar una nube, y soy consciente de que Livia no puede permitirse el lujo de dejar de creer en las pequeñas magias que cada día suceden a nuestro alrededor y a las que nadie da importancia: solo así podrá salvarse.

Caterina
la madre de Livia

Mi hija tiene las piernas largas y esbeltas, y el pelo negro y lustroso.

Los ojos marrones, rasgados, y la nariz más bien pronunciada le confieren un aspecto austero y misterioso.

Cuando nos peleamos, me grita que lo que más desea es no ser como yo. Tiene razón, nadie querría parecerse a mí, ni siquiera yo.

Pero hay noches en que se acurruca a mi lado sin decir nada, se queda un rato conmigo y antes de irse a su habitación me da un beso en la mejilla, uno de esos besos sonoros que retumban.

Creo que es su manera de pedirme perdón, aunque ella no tiene la culpa de nada.

Tomo medicación desde hace años, desde que un día me faltó la respiración y me olvidé de los motivos que tenía para levantarme de la cama por la mañana. Me olvidé de disfrutar haciendo cosas como leer, observar el cielo, escuchar música, hacer el amor, hablar con otras personas, ducharme con agua caliente, abrazar a un ser querido, ver una película, caminar, cantar.

Me olvidé de todo, por eso cuando me preguntan qué me pasa, respondo que algo parecido a la amnesia.

En algún momento te quedas sin nada a que aferrarte, ni siquiera a un recuerdo entrañable. Solo de vez en cuando, en medio de esa oscuridad, se filtra un poco de luz, pero es una luz débil, artificial, que lo empeora todo porque entonces las sombras se vuelven más nítidas y aterradoras.

Hubo un tiempo en que fui feliz, realmente feliz. Salía de casa sintiéndome ligera, el mundo me pertenecía y era como si todas las canciones hablaran de mí. Mi mochila azul marino con rositas azul celeste rebosaba de planes y podía llegar a cualquier sitio con mi Graziella.

Cuando la tristeza me tocaba la llamaba nostalgia. Cuando tenía la impresión de que me faltaba algo, me acariciaba el pelo con la mirada perdida en el vacío durante un rato y después me repetía: «Lo tienes todo», y seguía adelante. Recuerdo que durante la adolescencia pensaba que el dolor me sentaba bien, como si fuera un accesorio que podía lucir si me apetecía.

Todos los años esperaba con ansiedad el momento en que mi padre nos llevaba a mi madre y a mí a coger cerezas o a comprar aceite directamente a los campesinos. Durante esos días me sentía importante y para mis adentros me repetía: «Soy muy afortunada».

Siempre me he sentido afortunada.

Conocí a Edoardo cuando empecé a trabajar en Correos a los dieciocho años: yo era cartera, y él, un empleado. Cada mañana, antes de ocupar su sitio, me entregaba los sobres y me decía: «Eres la cartera más mona del pueblo». Y cada mañana yo le respondía riendo: «Claro, ¡no hay otra!».

Me cortejó durante un año hasta que una tarde, antes de salir del trabajo, me dijo: «He escrito algo para ti. Por favor, léelo cuando estés sola».

Ese «algo» era una carta de amor. En cuanto llegué a casa, me dirigí corriendo a mi habitación a riesgo de romperme la crisma por lo menos tres veces al subir las escaleras en tromba, me encerré con llave en mi cuarto y abrí el sobre. Era una carta de amor ridiculísima (y lo digo con ternura, porque todo el mundo sabe que las cartas de amor, si son sinceras, son un poco ridículas) que se podía resumir así: «Te quiero. Te quiero mucho y quisiera besarte cuanto antes».

Al día siguiente nos besamos, nos dimos un beso tan largo que aquella mañana las misivas de todo el pueblo llegaron a su destino con más de dos horas de retraso.

Seis años después nació Livia: en el octavo mes los médicos se dieron cuenta de que no se alimentaba lo suficiente y me dijeron que tenían que practicarme una cesárea. Cuando nació yo estaba bajo los efectos de la anestesia. La primera vez que la vi estaba en la incubadora y solo podía tocarle la mano derecha. No podía cogerla en brazos ni besar su cabecita cubierta de pelo oscuro, no podía ponerla sobre mi pecho para escuchar el latido de su corazón, pero daba igual: sentía su palpitar, lo sentía retumbar por toda la habitación como si estuviera conectado a un amplificador. Aunque no pudiera tocarla, todo mi cuerpo estaba en contacto con ella y yo no salía de mi asombro: era perfecta.

La habíamos creado nosotros, tan jóvenes e inseguros; yo, con los ojos demasiado pequeños, y él, con la nariz demasiado larga. Sin embargo, ella era perfecta. Creo que nunca he vuelto a tener aquella sensación: la miraba y sentía que por fin todo encajaba.

Qué ilusa fui al creer que iba a durar. La felicidad no se puede atrapar, no puede guardarse para cuando necesitamos rodearnos de colores vivos. La alegría nos acaricia, nos roza, permanece con nosotros lo que dura un beso, una despedida, un baile quizá, pero cuando intentamos aferrarnos a ella ya se ha desvanecido.

Sí, hubo momentos en los que fui feliz, feliz de verdad, aunque ahora se me antojan muy lejanos.

Mi hija ya tiene dieciséis años, y hoy, diez de junio de 1991, asistirá a una fiesta por primera vez en su vida.

El vestido que se pondrá lleva unos días colgado en su armario.

Rosa lo diseñó y yo lo cosí. Luego entre las dos ultimamos los detalles: es un vestido largo y ligero de color verde agua que le hace resaltar su melena oscura, su piel olivácea y sus hombros, anchos y orgullosos.

Acaban de poner una vieja canción de Luigi Tenco en la radio, Edoardo todavía no ha vuelto del trabajo y yo estoy intentando preparar algo parecido a una cena cuando Livia aparece en la cocina en pantalones cortos y camiseta.

—Mamá, no sé maquillarme. No me he maquillado en mi vida. ¿Puedes ayudarme?

—Claro que sí. Espera un momento.

Apago los fogones y en mi mente postergo lo que estaba haciendo. La acompaño a su habitación, le pido que se siente delante del espejo y le digo que se esté quieta.

—Todo saldrá bien, ¿de acuerdo? Ahora cierra los ojos.

Livia obedece con una sonrisa en los labios y mientras extiendo el maquillaje, le pongo colorete en las mejillas y le dibujo una línea sobre los párpados intentando controlar mi pulso, que tiembla por culpa de los antidepresivos y los ansiolíticos, me embarga el olor dulce que desprende su piel, como cuando era pequeña.

Pienso que quizá salga bien, que quizá podría curarme por ella.

Quizá esta noche baile con el chico que le gusta y yo podré decir «sí» por fin.

—En la invitación pone que se agradece indumentaria formal, ¿verdad?

—Sí, es un baile importante, como los que se ven en las películas americanas.

—Perfecto. Pues por ahora ponte el vestido y luego te arreglo el pelo.

La dejo un momento a solas mientras se cambia, y al cabo de un rato, que se me hace eterno, vuelvo a entrar.

Se está mirando al espejo, le brillan los ojos.

—Mamá, estoy guapa.

—Livia, tesoro, no estás guapa, eres guapa.

En silencio, le recojo el pelo en un moño y le rocío un poco de mi perfume en las muñecas.

—¿Me concede este baile, princesa?

—No lo sé, lo pensaré...

Nos echamos a reír, y en ese momento Edoardo entra en la habitación y nos encuentra así.

Se queda en el umbral sin decir nada, puede que por temor a romper el encanto, a estropear ese número de magia que hemos logrado componer después de tantos ensayos fracasados.

Yo soy la primera en notar su presencia.

—¡Mira quien ha llegado! ¡Tu acompañante!

En cuanto lo ve, Livia se ruboriza y corre a su encuentro echándole los brazos al cuello. Mi hija siempre ha tenido debilidad por su padre, igual que yo.

Él la coge de la mano y le dice que tienen que irse si no quiere llegar tarde.

Bajo las escaleras detrás de ellos, los observo mientras salen de casa juntos. Me asalta uno de mis pensamientos lúgubres y procuro alejarlo.

Pienso: «Saldrían adelante sin mí». Pero antes de subir al coche mi hija se da la vuelta y grita un «Gracias, mamá», tan fuerte que los pajaritos, asustados, salen volando de las ramas y el gato de la vecina baja del techo del coche dando un respingo. Así que quién sabe.

«Quizá no.»

Lorenzo
un compañero de colegio de Livia

Todas las mañanas, antes de salir de casa, me paso una hora arreglándome el pelo delante del espejo. Lo he intentado todo: cortarlo, dejarlo crecer, engominarlo, ponerle suavizante... no sirve de nada. Me gustaría cortármelo al rape, pero mi madre me lo ha prohibido.

«Pero ¿qué dices, Lorenzino? Tus rizos no se tocan. Son especiales, ¿por qué quieres cortártelos?»

¿Por qué? Porque parece que lleve un nido sobre la cabeza, porque cuando entro en algún sitio lo primero que todo el mundo nota es mi corpulencia y, un segundo después, mi espantoso pelo, y no sé qué es peor. He ahí el porqué.

No quiero ser especial, quiero ser normal. Puede que sea una obsesión, soy consciente de eso, pero tengo dieciséis años y todo el derecho del mundo a tener obsesiones. Mido uno ochenta, y desde que descubrí que pesaba más de cien kilos decidí dejar de pesarme.

En casa tienen la extraña costumbre de llamarme Lorenzino y a veces me pregunto si me toman el pelo.

Aparte de los rizos y de los kilos de más, tengo otros dos o tres problemas de difícil solución.

El primero es que no paro de sudar, incluso cuando tengo frío: mis manos se vuelven resbaladizas, mi frente se perla de gotitas dispuestas a caer, la ropa se empapa de sudor y, a veces, al acabar la mañana, desprendo un olor que hasta a mí me da náuseas.

El segundo es que tartamudeo cuando hablo con personas que no conozco. Desde hace unos meses voy a una psicóloga que debería ayudarme a dar con el motivo, pero lo único que he descubierto hasta ahora es que yo querría ser otro porque no hay manera de olvidar mis problemas.

El tercero (y puede que el más grave) es que me he enamorado. Estoy completamente seguro. Me he enamorado y hasta he dejado de comer chocolate por ella, porque si adelgazo a lo mejor tengo alguna posibilidad. Ella es la única persona que me dirigía la palabra en los primeros años de secundaria. Para los demás, ni existía. A pesar de mi corpulencia era como si fuera transparente. Durante un tiempo creí que tenía un superpoder. Me decía a mí mismo: «Igual es que en algunas situaciones me vuelvo invisible», pero pronto me di cuenta de que cuando tenían que esquivarme o dejarme de lado me veían, ¡vaya si me veían!

Livia y yo fuimos compañeros de pupitre en segundo curso, entonces lo comprendí todo. Por las mañanas, cuando llegaba, me sonreía y me daba los buenos días, después se sentaba a mi lado y yo me sentía un príncipe, su príncipe, hasta que Marco empezaba con la misma canción de siempre: «¿Queréis ver a un gordinflón enamorado?», y toda la magia se desvanecía al instante.

Livia es zurda y a veces, cuando escribía, invadía mi pupitre y me daba con el codo. Cuando eso sucedía, el mundo se detenía y todo desaparecía a mi alrededor.

—Perdona, Lorenzo, ¡te he dado otro codazo!

Parecía mortificada de verdad, yo no podía creérmelo.

—T-t-t-tra-tra-tra-tranquila. ¡N-n-n-no tiene importancia!

Cuando hablaba con ella tartamudeaba y sudaba más de lo usual, pero no parecía que ella se diera cuenta, y creo que si no hubiera aparecido Bianca habríamos llegado a ser amigos.

Bianca, la chula, la marimacho. Bianca: la mejor amiga de Livia.

En tercer curso hizo todo lo posible para estar a su lado y a mí no me quedó más remedio que observar de lejos cómo se divertían, procurando que no me vieran.

En cualquier caso, ahora la situación es la siguiente: estoy en primero de bachillerato de Humanidades y me paso el día estudiando para sacar un suficiente. Cuando tomé la decisión de seguir a Livia hasta el fin del mundo no tuve en cuenta el griego y el latín.

Me apunté a este instituto solo para estar con ella y recé durante todo el verano para que nos pusieran en la misma clase, pero hace tres años, en septiembre, llegó el veredicto: separados.

Desde entonces solo nos dirigimos la palabra para saludarnos durante el recreo y cuando nos cruzamos en la máquina expendedora, pero yo sigo pensando en ella continuamente. Le he escrito veintinueve cartas de amor que dicen más o menos lo mismo, sueño con ella al menos una vez por semana y cuando escucho una canción que me gusta quisiera compartirla con ella. Todavía.

En mis sueños estoy delgado y Livia me coge de la mano, y caminamos juntos, me lee lo que escribe en sus cuadernos, y a veces, si tengo suerte, nos damos un beso. En ese preciso instante me despierto (por desgracia) y ya no vuelvo a dormirme.

Desde hace dos meses no se habla más que de la fiesta de Fin de Año que se celebra esta noche en la cancha del instituto. Para la ocasión, mi madre ha encargado un traje negro a medida que resalta los michelines de mi espalda, y mi padre se ha sentido obligado a soltarme un sermón sobre la pérdida de la virginidad y la importancia de los condones, como si de verdad creyera posible que eso pudiera pasar entre una chica y yo.

Pobre iluso.

Mientras intento domar un mechón rebelde con una cantidad industrial de gomina, suena el timbre. Debe de ser Matteo, mi único amigo y compañero de pupitre.

Matteo lee al menos un libro por semana y casi siempre tiene la expresión contrariada, no se ríe casi nunca, habla mucho y lo sabe todo de todos, también de Livia.

Cuando le dije que prefería no asistir a la fiesta, me miró como si tuviera un escarabajo en la nariz.

«A veces me das miedo, Lorenzo. Debemos ir a esa fiesta.

Tú debes ir y yo iré contigo. Debes bailar con ella. Tarde o temprano tendrás que confesárselo.»

Así que aquí estamos, él con la cara cubierta de maquillaje para disimular las espinillas y yo tan perfumado que hasta me mareo.

«¡Vamos a sacaros una foto!»

Las palabras de mi madre se parecen más a una orden que a una invitación.

Nos abrazamos y se nos escapa la risa, mi madre saca una foto que probablemente pasará a la historia, y mi padre, tras acompañarnos a la puerta del instituto, nos desea buena suerte esbozando una sonrisita burlona.

Cuando entramos en la cancha nos damos cuenta de que hemos sido de los primeros en llegar y tratamos de entretenernos para no asaltar el bufet. Nos sentamos algo apartados observando a la gente que entra. Matteo tiene una anécdota que contarme de cada uno de ellos y yo lo escucho divertido, aunque la tensión me está provocando dolor de cabeza.

En cuanto la cancha nos parece lo suficientemente concurrida, decidimos acercarnos a la mesa del bufet, y yo, olvidándome de la dieta en esta ocasión, me lleno el plato de minipizzas y sándwiches hasta que rebosa. Al volver a nuestro sitio noto que el ambiente es distinto, el aire es más ligero y efervescente: ha llegado Livia.

Marco logra encontrarme en medio de tanta gente y me da una palmada tan fuerte en la espalda que se me cae el plato.

«Gordinflón enamorado, ¡veo que esta noche tienes mucha

hambre!», dice con tono de burla, pero ni siquiera lo oigo. Nada me importa ahora que puedo mirarla.

Lleva el pelo recogido y un vestido del color del mar en septiembre que le queda como un guante y le deja al descubierto la espalda. Sonríe tímidamente y aprieta la mano de Bianca, que va vestida y maquillada de negro, parece que quiera asustar a quien se le acerque más de la cuenta.

Mientras recojo los bocadillos desperdigados por el suelo Matteo me azuza para que vaya con ella.

—Venga, ahora o nunca. Háblale, invítala a bailar antes de que lo haga otro. Si no lo haces, no volveré a dirigirte nunca más la palabra.

—No puedo. No puedo. ¿Y s-s-s-si la pongo en un a-a-a-apu-apuro?

Mientras intento reunir el valor que nunca he tenido y me pregunto si es posible que aparezca, así de repente, solo por amor, el dj pone «Stand by Me». Matteo se acerca a Bianca, le susurra algo al oído, ella estalla en carcajadas y un momento después empiezan a bailar. ¡Qué adorable cabrón!

Livia se queda sola, como yo. Sé que debería acercarme a ella, que esa es mi oportunidad, pero estoy paralizado. La veo caminar hacia mí y busco mentalmente la vía de escape más cercana.

Demasiado tarde, Lorenzino, demasiado tarde.

—¡Hola, Lorenzo! ¡Qué bien te sienta el traje!

—Gra-gra-gra-gracias, Livia, t-t-t-tú t-t-t-tam-también.

Pero ¿qué dices? ¿Que a ella también le sienta bien tu traje?

Idiota.

—¿Quieres bailar?

¿Bailar?

No puedo responder porque me he quedado sin saliva, así que asiento con la cabeza esperando que se dé cuenta de que bailar con ella es algo que deseo hacer más o menos desde que nací.

Me coge de la mano, las suyas están frías y rezo para que las mías no empiecen a sudar. Nos mantenemos separados, como si jugáramos al corro de la patata. Yo pongo los cinco sentidos en no tropezar, ella me confiesa que le encanta bailar, pero que solo lo ha hecho delante del espejo o con su padre.

—Espero no pisarte como a él —dice sonriendo.

Me dejo llevar, la miro mientras se aplica para moverse al compás de la música y pienso que nunca más me sentiré como ahora: tal vez mejor, tal vez peor, pero nunca igual. Tan lleno de algo que en realidad no poseo.

No sé si una historia de amor puede durar tres minutos, lo que dura una canción, pero para nosotros fue así. No sé qué habría pasado si Bianca no se la hubiera llevado a beber cerveza en el baño de las chicas y si no le hubiera presentado a un tipo todo flequillo y sonrisas radiantes, lo único que sé es que da igual si nunca llegamos a besarnos, si no crecemos juntos o no la veo convertirse en mujer. Lo que ocurrió, aunque no tenga nombre y solo durara unos instantes, es suficiente para mí.

Paolo
el amigo librero de Livia

Abrí la librería Parole al Vento hace dos años.

Antes de morir, mi padre me dejó todos sus ahorros y durante mucho tiempo sopesé cómo invertirlos sin decepcionarlo demasiado. Una noche en que no podía dormir, pensé: «Creo que entenderá que con su dinero intente realizar mi sueño», y aunque era consciente de que si hubiera vivido no lo habría entendido, es más, se habría enfadado mucho, me lancé. Compré un local cerca del centro de Pistoya, pinté la fachada, reformé el interior y destiné un rincón a la lectura para que los clientes pudieran sentarse y decidir tranquilamente qué libro comprar, o simplemente leer en paz.

Recuerdo el día de la inauguración como si fuera ayer, y no porque fuera «un éxito de público», como suele decirse. Fue en el mes de julio, el calor era agobiante, las calles estaban sumidas en un silencio surrealista y el único sonido que me acompañaba mientras colocaba los vasos de papel era el canto de las cigarras. Lo había preparado todo: patatas fritas, champán, naranjada, pizzas y lionesas, pero cuando llegó la hora solo éramos cinco: mi madre, que lloraba de desesperación y de emoción a partes iguales; mi abuela, que solo pensaba en comer, y mis compañeros de farra, Mario y Francesco, que habrían preferido una cerveza bien fría en vez de champán.

Si no hubiera desoído el refrán que dice «Lo que mal empieza, mal acaba», habría cerrado al cabo de una semana. Durante meses no apareció ni la sombra de un cliente, a excepción de Livia.

Ella estuvo allí desde el principio, aunque nunca la he considerado una clienta: Livia era como la hija que me gustaría tener.

La primera vez que entró en la librería estaba visiblemente alterada: tenía los ojos hinchados y la nariz roja. Seguramente acababa de llorar, pero su voz era firme y decidida al preguntarme si tenía libros para animar a una persona enferma. No sé por qué, pero cuando oímos pronunciar la palabra «enfermedad», enseguida la relacionamos con un sufrimiento físico, como si la mente no pudiera sentir dolor.

Livia no ha dejado de venir por la librería desde entonces. Tiene que coger dos autobuses y caminar unos veinte minutos para llegar hasta aquí, pero eso no es un obstáculo para ella. A veces trae sus libros de texto y repasamos la lección de historia o de lengua del día siguiente, otras tardes se queda sentada en silencio durante horas con los auriculares puestos o escribe páginas y páginas de historias que no me permite leer.

Viene a la librería porque en su casa las cosas no van muy

bien: su madre no sale casi nunca, se avergüenza de que la vean y ha dejado de trabajar. Livia tiene que ayudarla a levantarse de la cama, a lavarse y a peinarse. Siempre le deja la radio encendida antes de salir porque está convencida de que la música podría salvarla.

—Me gusta estar aquí —me confesó un día—, es como descansar del mundo. No te molesto, ¿verdad?

—En absoluto, ya lo sabes.

—¿Quieres saber en qué pensaba?

—En realidad no, pero supongo que me lo dirás igualmente...

—Muy gracioso. ¡Pues tendrás que prescindir de mis valiosos consejos!

—Venga, ¡no seas tonta! ¡Suéltalo ya!

—Si tanto insistes, te lo diré. Pensaba que podrías organizar encuentros dedicados a los lectores.

—Explícate mejor.

—Ah, conque te interesa, ¿no?

—¿Quieres que te eche?

—¡No, no, no! ¡Ya te lo digo! Creo que deberías abrir la librería hasta tarde una vez por semana e invitar a tus clientes a debates sobre algún libro, organizar encuentros con escritores o simples charlas sobre temas variados. ¡Es lo que hacen las librerías en las grandes ciudades!

—¿Y tú qué sabes de las grandes ciudades?

—Lo sé porque Bianca, mi amiga...

—¡De acuerdo! ¡Los miércoles por la noche!

—¿Qué?

—Elijo el miércoles. Me has convencido. ¡Me gusta la idea!

Livia es así: da color a todo lo que toca, aunque hay momentos en que parece completamente ausente.

«Si no me ves durante un tiempo, no te preocupes, ¡quiere decir que he encontrado a mi príncipe azul!»

Siempre bromea acerca de sus desapariciones repentinas, pero la verdad es otra, ambos lo sabemos: si no se deja ver durante unos días es porque su madre se encuentra mal y ella no puede salir de casa para no perderla de vista ni siquiera un segundo.

Desde hace unos meses la librería está empezando a funcionar mejor. El bar que han abierto en la esquina ha atraído a unos cuantos clientes, las veladas literarias que Livia propuso han resultado ser una buena idea y por fin logro reunir algo de dinero a fin de mes.

Justo cuando creía que no me faltaba nada, conocí a Elena.

Hablando con ella, oyéndola cantar bajo la lluvia, tocando su piel, ayudándola a llevar la compra, mirando cómo come de buen grado sentada frente a mí a la mesa de un restaurante económico, caí en la cuenta de que en realidad me faltaba todo. Me faltaba el amor. Cuando se tiene un objetivo que alcanzar no se piensa en él, o se piensa menos en él, pero, de repente, un buen día te das cuenta de que no se puede y no se debe escapar de él.

Así que aquí estoy, esperándola sentado en un banco del pinar mientras leo un capítulo de una historia que Livia lleva unos días escribiendo. Tenía que ser un cuento breve, pero hace una semana ella apareció en la librería como si hubiera encontrado la prueba de la existencia de los extraterrestres y necesitara compartir con alguien su descubrimiento. Me dijo: «Lee este cuento, por favor, y dime qué te parece. Sé sincero, Paolì —me llama así—, no tengas miedo de herir mis sentimientos. Me da igual si me dices que no soy buena, yo solo me siento a gusto cuando escribo, y eso no puede quitármelo nadie».

Como me dio la impresión de que necesitaba un abrazo, la envolví entre mis brazos. Yo tenía razón: nadie me había dado nunca un abrazo tan largo. Al cabo de diez minutos todavía tenía la cabeza escondida entre mis brazos y se me estaba durmiendo una mano, pero no quería ser el primero en apartarme. No quería abandonarla.

Fue ella quien se separó de mí.

—Gracias, Paolì. Ahora yo me siento aquí y tú lees mi cuento.

—¡A sus órdenes, miss!

—¡No me llames miss!

—¡A sus órdenes, señora!

—Un poco mejor.

Me puse a leer intentando olvidar su presencia y al cabo de unos minutos le dije:

—Livietta, Livietta.

—No me llames Livietta. Mejor dime qué te parece.

—Pero, Livietta, ¿por qué no me habías dejado leer nada tuyo?

—¡Dime qué te parece!

—Se puede mejorar. Ahí hay la trama de un libro. ¿Te gustaría escribir uno? ¿Te fías de mí si te digo que podrías hacerlo?

—No. ¡No me fío en absoluto de ti!

—De acuerdo.

—Pero me encantaría creerte.

En el fondo de sus ojos apareció una emoción nueva que hasta ese momento yo nunca había visto que iluminara su cara: la esperanza.

De repente, me sentí responsable de sus sueños, de ella: la mariposa minúscula con un ala de seda y otra de plomo que intenta levantar el vuelo, pero acaba golpeándose con todo.

Por primera vez en mi vida experimenté la sensación de que algo en este mundo dependía de mí, y solo de pensarlo me dieron ganas de celebrarlo. Pensé: «A partir de ahora, esto va en serio».

Aquel día, después de despedirme de ella, cerré la librería dos horas antes de lo previsto, saqué de debajo del colchón el poco dinero que había ahorrado (no confío en los bancos, pero esa es otra historia) e hice una locura: le compré una máquina de escribir y una resma de papel.

Cuando llegué a casa lo envolví todo con esmero. Antes de conocer a Livia no le daba importancia a nada, siempre estaba distraído; ahora, en cambio, capto los detalles, y quizá por eso necesité más de una hora para escribirle una nota.

Me habría gustado darle una carta o dedicarle un libro entero. Lo pensé mucho, y al final, un instante antes de caer dormido, le escribí una sola frase: «Te deseo que seas libre».

Bianca
la mejor amiga de Livia

Siempre imaginé que mi primera cita sería diferente. Creí que hablaría con mi madre, que nos reiríamos juntas, que nos imaginaríamos como sería. Nunca pensé que debería esconderme, que la alegría que ahora se adueña de mí pugnaría con el miedo a ser descubierta.

Siempre imaginé que mi primera cita sería con un chico. Un buen chico, de esos que te invitan a un helado sin esperar un beso a cambio, uno de esos que es feliz con solo cogerte la mano.

Dentro de unas horas, en cambio, saldré con Marta.

Marta va a mi instituto, está en el último curso, su piel parece de cera y nunca baja la mirada cuando mira a las personas. Nos observamos desde lejos durante meses. Yo la miraba y pensaba: «Es demasiado guapa para mí». Ella me miraba y a veces me sonreía, estoy segura. Creía que no le gustaba, que me encontraba rara, como la mayor parte de los chicos y las chicas de mi edad, hasta que un día se me acercó a la salida del instituto y me dio una nota. Me dijo: «Son solo unas pocas líneas, pero léelas con atención». Me las he aprendido de memoria, las he repetido delante del espejo como si fuera la protagonista de una de esas patéticas películas de amor que siempre me he negado a ver, las he acercado a mi corazón cada noche antes de dormir.

Eres hábil escondiéndote bajo todo ese maquillaje, pero, aun así, te he encontrado. Me gusta cómo te recoges el pelo, me gusta ese mechón rebelde que se resiste a permanecer en su sitio y te acaricia la cara. Te espero el domingo 15 delante de la fuente del centro, si quieres.

Eso decía la nota; en cuanto la leí llamé a Livia, al resguardo de la mirada indiscreta y rabiosa de mi madre. Le dije que había algo que no podía posponer, que ella debía saber necesariamente.

Nos encontramos en el pinar, para variar. Yo me compré un helado a pesar de que llovía y ella temblaba de frío por culpa del viento suave, pero gélido, que soplaba.

De un tiempo a esta parte ha cambiado. Se ríe muy poco y siempre parece cansada, como si la enfermedad de su madre aplastara sus ideas, sus sueños, y se alimentara de lo mejor de ella. Hacía unos meses había empezado a escribir una historia con la ayuda de Paolo, su amigo librero, pero de repente dejó de escribir.

«¿Sabes, Bianca? —me dijo una noche en una de nuestras larguísimas conversaciones—. En el fondo no sirve de nada que yo escriba. Le he dejado leer unas líneas a mi madre y ella ni siquiera ha fingido que le gustaban. Ni siquiera ha esbozado una sonrisa, ¿puedes creértelo? Ha dejado los papeles encima de la mesita y me ha pedido que le llevara una taza de leche. ¿Para qué escribo, si mis palabras no pueden curarla?»

Mientras caminábamos, la cogí del brazo y le confesé que tenía miedo. Ella apartó el brazo y me miró como si corriera algún peligro.

—¿Qué te pasa, Bianca? ¿Quién quiere hacerte daño?

Su preocupación, no sé por qué, hizo que me sintiera más tranquila.

—¡Nadie, Livia, nadie! ¿Qué mosca te ha picado? Lo que pasa es que... me he enamorado.

—¡Pero si eso es una noticia fantástica! ¡Espera! ¿Y por qué tienes esa cara de funeral?

Respira, Bianca, respira.

—Es que me he enamorado de una chica.

Livia me dirigió una mirada indescifrable y siguió caminando sin decir nada. Me asaltaron las dudas. «A lo mejor no era el momento adecuado para decírselo, quizá de ahora en adelante me mire como me mira mi madre», pensé, y mientras hacía esas conjeturas, Livia se echó a reír.

Así, de repente.

—¡Perdona, Bianca! Perdona que me ría. Pero ¿acaso pensabas que no me había dado cuenta? ¿De eso tenías miedo? ¿De decirme que te gustan las chicas? ¡Pero si miras a todas las que pasan por tu lado!

—¿De verdad? ¿Ya te habías dado cuenta?

—Pues claro. ¡Claro que me había dado cuenta! Nunca te he preguntado nada porque sabía que tarde o temprano, cuando llegara el momento, me lo dirías.

—¡Es increíble! Así que para ti no soy rara.

—¡Claro que lo eres! ¡Pero que no se te suba a la cabeza! Eres rara porque tienes un armario lleno de vestidos negros todos iguales y porque cuando vamos a la librería lees las últimas veinte palabras de los libros y dices que son las más importantes del libro entero. Por eso y por otras cosas eres rara, pero no porque te guste una chica. Puedes enamorarte de quien quieras, ¿lo sabías? Lo importante es que no sufras y que no dejes de regalarme lionesas de chocolate cuando esté triste.

Livia.

La abracé impulsivamente y cuando la estreché entre mis brazos me pareció tan frágil que tuve miedo de lastimarla, así que la solté enseguida.

—No te lo he contado todo. La chica de quien me he enamorado me ha pedido que salgamos juntas. Tengo una cita. Mi primera cita, ¿no es increíble? —le dije de golpe. Estaba tan excitada que ni siquiera me di cuenta de que su risa se había convertido en llanto.

—Estoy tan contenta por ti, tan contenta... —dijo sollozando.

—Entonces ¿por qué lloras? ¿He hecho algo mal?

—Lloro de alegría porque tienes una cita. Créeme. Y lloro porque no sé si dentro de mí habrá espacio para alguien aparte de mi madre. Ella se queda con todo lo que tengo. No lo hace adrede, o eso creo, pero ocupa todo mi corazón. Lloro porque me gustaría enamorarme, pero tengo miedo de no ser capaz. Tengo miedo de tener que darle a ella todo mi amor. Y porque ni aun así estoy segura de que sea suficiente.

Edoardo
el padre de Livia

Vivir con Caterina se ha convertido en algo realmente devastador.

Más de una vez he pensado: «Si me comportara de este o aquel modo, si lograra hacerla reír, mejoraría y quizá hasta querría salir a tomar un poco el aire», pero nada cambia, todo sigue igual.

Sin embargo, antes era muy feliz.

Pero ¿antes de qué? ¿Antes de cuándo?

Cuando la conocí su vitalidad era arrolladora. Nunca estaba quieta, si estaba contenta saltaba y cantaba. Iba al encuentro de la gente abiertamente, y también hacía algo que yo nunca he sabido hacer: soñaba.

Pero su sonrisa era diferente de todas las sonrisas que había besado. Era una sonrisa triste, una de esas sonrisas que no se abren del todo, y para mí —qué tonto me siento diciéndolo ahora—, eso la hacía aún más atractiva.

Una noche, después de haber hecho el amor, me di cuenta

de que estaba llorando. Cuando le pregunté por qué, empezó a llorar más fuerte, después tomó aliento y me respondió: «No lo sé, quizá simplemente porque soy feliz». Subestimé sus silencios repentinos y sus lágrimas, tan poco habituales y quizá por eso tan peligrosas. Subestimé las sombras que de vez en cuando oscurecían su rostro y ahora soy prisionero de una vida que no he elegido, junto a una mujer que ya no reconozco.

Caterina nunca ha sido «simplemente feliz», ahora lo sé. No queda nada de la persona que era, solo la oscuridad que lo ha devorado todo, su máquina de coser cubierta de polvo y su radio. Antes le gustaba mucho escucharla. Nunca quiso sustituirla por un casete ni un CD. «Me gustan las canciones que me encuentran por casualidad», decía, después me revolvía el pelo y me miraba como si fuera su tesoro más preciado.

Ahora ya no me mira, no me habla, y yo no consigo cuidar de ella. Cuando estamos juntos me siento incapaz de hacerlo, estoy a punto de ahogarme, como un niño que no sabe nadar y de repente se da cuenta de que el agua lo cubre. Cuanto más la miro, más ganas tengo de escapar: me avergüenzo de decirlo, pero ya no soporto su olor, sus quejas, su cara de cansancio. Tengo miedo de que un paso en falso o una palabra equivocada la destrocen. Tengo miedo de que su corazón y su cuerpo se desintegren ante mis ojos, por eso siempre le pido a Livia que me ayude. Ella es la única que sabe cómo acariciarla cuando se hunde en el vacío, cómo desnudarla para ayudarla a bañarse, cómo estar a su lado. Parece que haya nacido para eso, y yo soy tan cobarde y egoísta que nunca le recuerdo que ha nacido para ser feliz.

He engañado a Caterina tres veces, y todas ellas han sido como morir y renacer a la vez.

Miraba a los ojos a esas mujeres tan diferentes de mi esposa, tan vivas, y me sentía idiota. Pensaba: «¿Cuánto tiempo estás perdiendo? ¿Cuántos momentos? ¿Hago realmente lo correcto permaneciendo a su lado?», después cerraba los ojos y me dejaba llevar, finalmente libre de respirar, de disfrutar y de equivocarme sin miedo a que el castillo de naipes que había construido con tanto esfuerzo se derrumbara. «A la mierda todo», pensaba, y cuando volvía a casa me tumbaba a su lado y le pedía perdón. Ella me preguntaba: «¿Qué debo perdonarte?», pero en realidad parecía como si lo que tuviera que decirle no le interesara en absoluto.

«Perdóname sin más», le respondía mientras le acariciaba el pelo distraídamente, pero no había ni rastro del famoso sentimiento de culpa que habría debido y habría querido sentir.

La última vez, Livia se dio cuenta de lo que había hecho porque no soy la clase de hombre que borra las huellas y cuenta mentiras. Me susurró al oído con rabia: «Te desprecio».

Inmediatamente después me abrazó.

En octubre se irá a vivir a Florencia con una amiga, para estudiar en la universidad.

Me lo dijo un día de finales de julio en que estábamos cenando en la terraza. Caterina llevaba dos semanas en el hospital, ambos nos sentíamos aliviados, pero nos guardábamos bien de decirlo en voz alta.

Hacía un calor abrasador a pesar de que el sol se había puesto, hasta costaba respirar. Yo intentaba capturar un grano de maíz que esquivaba continuamente mi tenedor, cuando Livia empezó a hablar.

—Tengo que irme, papá.

Me eché a reír, aunque sabía muy bien dónde quería ir a parar.

—¿Adónde tienes que ir? ¿A la luna?

—No, en serio. Déjame hablar. No puedo seguir viviendo aquí. No hay nada para mí. Quiero estudiar, vivir en una ciudad, conocer a gente nueva. Me gustaría saber que hay algo para mí en alguna parte. Buscaré un trabajo a tiempo parcial, me lo costearé todo, no tienes que preocuparte por nada. No os abandonaré, no dejaré que combatas esta guerra tú solo, pero me estoy convirtiendo en una chica apática. Tengo miedo, mucho miedo.

Hablaba de manera acalorada, parecía a punto de derrumbarse. Tenía las mejillas enrojecidas y la vena del cuello tan hinchada que por un instante tuve miedo de que se le reventara, de que le reventara el corazón. Por un instante tuve miedo de no volver a verla.

Livia, mi pequeña Livia.

Sabía que tarde o temprano llegaría ese momento, pero esperaba que fuera lo más tarde posible. Esperaba que nuestro pueblecito no se le hiciera tan pequeño, que la enfermedad de su madre no hubiera agotado toda su alegría de vivir, su energía, pero observándola en ese momento era evidente que no podía más.

Estaba pálida, la ropa le quedaba demasiado ancha, había adelgazado mucho, y a pesar de que siempre decía que todo iba bien, yo me había dado cuenta de que había tirado todos sus cuadernos y había dejado de escribir.

—No estamos solos. La abuela Rosa nos ayuda, y tu madre y yo nos las arreglaremos estupendamente, ¿qué te crees? —Después puse mi mano sobre la suya y seguí diciendo—: Tienes razón, Livia. Vete. Tienes el derecho, y quizá el deber, de hacerlo. Tenemos algunos ahorros. Al principio te ayudarán, después tendrás que apañártelas tú sola.

Si le hubiera dicho que nos ocuparíamos de todo se habría enfadado, y eso era lo último que quería. Quería que se fuera tranquila, que se enamorara, que se perdiera por las calles de una ciudad nueva, que aprendiera a pensar y a hablar de forma diferente, que supiera lo que es la despreocupación, que viera con claridad todas las posibilidades que tenía a su disposición. Quería que fuera libre.

No, no es cierto. Lo que quería era que se quedara conmigo.

Quería decirle: «Quédate, porque cuando mamá llora, yo no sé a qué santo encomendarme y me dan ganas de esconderme debajo de la cama como cuando era pequeño y me daba miedo la oscuridad; quédate, porque eres la única persona del mundo con quien puedo hablar; quédate, porque nadie juega al rummy mejor que tú».

Pero solamente le dije:

—¿Ya has decidido qué quieres estudiar?

Daba por sentado que iba a responder: «¿Tú qué crees, papá? Humanidades, por supuesto».

Pero ella se puso tensa, apretó los puños y, con la mirada fija en el vacío, dijo:

—Derecho. Ya no me interesa escribir.

Michele
el novio florentino de Livia

Conocí a Livia en noviembre, un día en que llovía a cántaros. Pasó por delante del escaparate de mi pub caminando lentamente, como si nada, sin paraguas y sin capucha. Pensé: «Dichosa ella, que le importa un bledo mojarse», y un instante después la tenía delante de mí, con el rímel emborronado y la ropa empapada.

—Hola, ¿eres el dueño de este pub?

—Sí, ¿por qué me lo preguntas?

—He visto que estáis buscando un ayudante y a mí me encantaría trabajar de camarera.

—¿Ah, sí? ¿Crees que sabrías hacerlo?

—¡Pues claro!

Era desenvuelta y joven, muy joven, y yo llevaba mucho tiempo sin dejarme sorprender por una mirada.

Me di cuenta inmediatamente de que me enamoraría de ella, y también de que la perdería.

Acababa de cumplir veinte años y le gustaba dibujar, pero

no sabía hacerlo. Es más, le gustaba dibujar precisamente porque no sabía hacerlo.

«Hacer cosas que no se me dan bien, en las que ni yo ni nadie ha depositado ninguna expectativa, me hace sentir bien.»

Me lo dijo al día siguiente por la tarde, cuando ya había empezado el mes de prueba. Ella todavía no lo sabía, pero ese trabajo se había convertido en «su» trabajo. Me contó que vivía en un estudio muy cerca del pub y que acababa de comprarse una bicicleta que volaba como el viento.

Casi siempre llevaba tejanos muy anchos y jerséis deformados, el pelo recogido en una trenza despeinada, y solía achicar los ojos para enfocar las cosas, ya que un día sí y otro también se olvidaba las gafas en casa. Tenía una piel muy bonita y los labios parecían dibujados, pero lo que más me intrigaba y al mismo tiempo me asustaba era su manera de ser: era escurridiza, tan escurridiza que a veces me daban ganas de rogarle que se quedara, a sabiendas de que sería inútil.

Cuando conocí a Livia, yo tenía treinta y dos años, y había dejado atrás una relación que había durado casi la mitad de mi vida. Estaba solo desde hacía un tiempo y no me esforzaba por cambiar mi situación. Estaba a gusto, tranquilo, no necesitaba a nadie. Me había atiborrado de caricias gastadas y de sexo cansado. Pero entonces llegó ella y olvidé todo el dolor.

En general, escuchar a las personas me aburría, pero de ella me interesaba todo: el número que calzaba, los cuentos que le contaba su padre cuando era pequeña, su flor preferida, saber si se había enamorado alguna vez.

«Nunca me he enamorado», me dijo un domingo de febrero por la mañana en que parecía que la primavera ya había llegado a Florencia. Habíamos salido a dar un paseo por la orilla del Arno. Al día siguiente tenía un examen importante y estaba muy nerviosa.

«Nunca me he enamorado», me dijo antes de darme un beso imperioso.

La aparté con delicadeza. No sé por qué, pero ese beso me hizo enfadar, puede que porque no lo esperaba de ella, tan huidiza.

Me miró fijamente, en silencio.

—¿Qué quieres de mí, Livia? —le pregunté al final.

—¿A qué viene esa pregunta? Un poco de amor, supongo. ¿Acaso no es lo que quiere todo el mundo?

—No lo sé. Depende.

—¿De qué depende? ¿Es que no sé besar? ¿Es que no te gusto?

—No se trata de eso. Se trata de que es evidente que estás buscando algo con todas tus fuerzas, pero no sabes qué. Quizá no me buscas a mí, quizá ni siquiera buscas un poco de amor. Estás probando, y a mí no me gusta ser un experimento.

Livia agachó la cabeza sin rechistar, como si acabara de pillarla robando una bolsa de caramelos en el supermercado, y justo entonces cedí. Le puse un dedo debajo de la barbilla y la obligué a mirarme. Le dije que me daba igual, que lo aceptaba, y la besé.

Algunas historias empiezan porque les das permiso, aunque sepas perfectamente que acabarán mal.

Puede que la nuestra ni siquiera pudiera definirse como una historia: salíamos con los amigos, charlábamos hasta tarde, alquilábamos películas antiguas y cuando se ponían interesantes empezábamos a hacer el amor. Pero nunca hablábamos de amor. No hacíamos planes ni había promesas. Los sábados y los domingos iba a su casa a ver sus padres, y cuando volvía parecía un poco más distante.

Yo intentaba creer por los dos, porque ella no creía en nada: no creía en Dios, ni en el destino, ni en los cuentos, ni en las canciones, ni en los sueños ni en los finales felices. No creía que podía ser feliz. Solía decir que la felicidad era una ilusión, un espejismo, y que era prácticamente imposible ser feliz sabiendo que debes morir. «Creo que no lo merezco», decía con serenidad, con la voz queda y firme de quien no admite réplica. Yo quería decirle que tenerla junto a mí hacía que me olvidara de que podía desaparecer de un momento a otro, pero enseguida desistía: ¿Cómo explicar el amor a alguien que nunca ha estado enamorado?

Logré retenerla a mi lado durante unos meses. Le contaba lo que me gustaba, lo que deseaba: dos niños, una casa cercana al mar, un pub más grande con espacio para la música en vivo y una cerveza siempre a punto en la nevera. Livia me miraba como si fuera un extraterrestre.

«A mí también me gustaría tener deseos, saber lo que realmente quiero, saber lo que haría que me sintiera mejor, pero no tengo ni la más remota idea.»

No lloraba casi nunca, solo las raras veces que hablaba de su madre.

Una noche me habló de cuando era pequeña y la oía sollozar en los brazos de su padre, de las noches en que la encontraba dormida en el sofá y pensaba aterrorizada que quizá había muerto, de las veces que deseó que muriera de verdad, tal vez así su madre se libraría por fin del sufrimiento, tal vez así al fin se librarían todos del dolor. Esa noche lloró hasta que empezó a clarear, hasta que los niños del piso de abajo se despertaron para ir a la escuela, hasta que sonó el despertador que yo ponía para salir a correr. Lloró todas las lágrimas que había reprimido durante los últimos años.

Puede que nuestra relación ni siquiera pudiera definirse como una historia de amor, pero gracias a ella descubrí el arte de perderme, de dejarme llevar, de no buscar forzosamente un sentido a todo. Gracias a ella he dejado de exigir algo a cambio de amor. Livia se divertía conmigo, de eso estoy seguro, y seguramente me quería. A su manera, pero me quería. Por entonces empezó a añadir colores a su vestuario negro y gris, y algunas noches se presentaba en el pub con el pelo suelto y unos pendientes largos de colores que daba alegría verlos. Parecía un prado florido, aunque todos los días tenía que vérselas con el desierto, el olor a tierra quemada y el silencio que llevaba dentro.

Justo cuando empezaba a hacerme a la idea de estar con ella, después de un año y medio de algo parecido al amor, Livia me dijo que se iba.

—Me voy a París para estudiar allí un año.

Su voz no delataba emoción alguna.

Me quedé mirándola unos instantes y después le dije:

—¿Y nosotros?

Me arrepentí inmediatamente de haber hecho una pregunta tan ingenua y arrogante.

¿Y nosotros?

Nosotros acabamos una mañana en la estación de Florencia. Ya era septiembre, pero el calor aún no daba tregua.

Livia llevaba unos tejanos y una camiseta a rayas blancas y azul marino, y arrastraba una maleta de piel que le había regalado su padre. Quise llevársela, pero ni siquiera eso me permitió.

Me dijo que se esperaba otra cosa de Florencia, cuando se vino a vivir aquí, que me escribiría, por supuesto, pero necesitaba marcharse.

«Es una oportunidad, una buena oportunidad», me dijo.

Aquella mañana, mientras ella sacaba una mano por la ventanilla para decirme adiós y con la otra se apartaba el pelo de la cara, yo no pude discernir si efectivamente se dirigía a algún lugar o si estaba escapando.

Lo único que sabía es que no volvería a verla, o quizá sí, aunque sin duda no volvería a besarla.

Bianca
la mejor amiga de Livia

—¡Hola, Bianca! ¿Me oyes?

—¡Sí, te oigo! Por poco tropiezo con el cable del secador y me doy de cabeza contra el lavabo al ir a coger el teléfono. Espero que tengas una noticia sensacional que darme, como que ya estás en París.

—Pues no, todavía estoy en el aeropuerto de Pisa y tengo miedo. Bianca, estoy aterrorizada. ¿Estoy haciendo lo correcto? ¿Se sentirá mi madre demasiado sola? Y mi padre, ¿se las apañará sin mí? ¿Llegará el avión a su destino sano y salvo?

—¡Eh! ¡Eh! ¡Livia, respira! Cuenta hasta diez. Hemos hablado de eso millones de veces. No puedes dejar pasar esta ocasión. Tienes que armarte de valor y no desaprovecharla. Tu madre no está sola, y tu padre tampoco. Tu abuela está con ellos y sabes muy bien que esa mujer es lo bastante fuerte para poder con todo. Verás como entre los tres se las arreglarán. Y no, el avión no va caer. ¡Ya te he dicho que es mucho más fácil sufrir un accidente de coche que morir en uno de avión!

—Pero...

—No, ¡no hay peros que valgan! Irás a sitios maravillosos y conocerás a gente nueva. Te sentirás más liviana por fin. ¿No es eso lo que quieres? ¿Darte una tregua alejándote de todos tus problemas? Allí podrás elegir quién quieres ser. No estarás condicionada por tus deberes, ni por la situación o el sufrimiento de quienes te rodean. Hablamos de un año, Livia, un año que podría desvelarte más cosas acerca de ti de las que has aprendido hasta ahora, un año que tal vez te ayude a comprender que lo que te pasa no depende solo del destino o del azar, sino sobre todo de ti.

»Tarde o temprano llegará el día en que mirando atrás te preguntes cuántas de las cosas que tienes las has elegido libremente y cuántas has fingido elegir porque era más fácil. ¿Cómo te defenderás ese día? ¿A quién le echarás la culpa? Sabes muy bien que somos los únicos responsables de muchos de nuestros problemas. Lo sabes, así que dime: ¿Cómo podrás perdonarte por lo que has dejado atrás, por lo que has dejado de lado, por todo lo que habrías podido hacer y no has hecho? ¿Cómo podrás perdonarte el día en que alguien te haga ver lo que te has perdido, a lo que has renunciado durante tanto tiempo? ¿Qué quieres hacer? ¿Seguir fingiendo o empezar a vivir?

—Pero...

—Todavía con los peros. Pero ¿qué?

—Te echaré de menos.

Cuando se lo oí decir, no pude contener una sonrisa. La quise desde el primer momento porque siempre ha sabido recordarme que tengo un corazón y que necesito ese corazón, incluso cuando me convenzo de que puedo prescindir de él.

—Lo sé. Yo también te echaré de menos, pero piensa que dentro de pocos meses será Navidad y volverás cargada de regalos para mí. Y cuando llegue el momento, estoy segura de que no verás la hora de volver a París. Mi presencia te molestará porque te recordaré tu antigua vida, cuando tu única válvula de escape eran las historias que escribías. De ahora en adelante tus historias sucederán de verdad. ¿Te das cuenta, Livia? ¡Una nueva aventura solo tuya!

—Sí, me doy cuenta. ¡Tienes razón! ¡Tienes toda la razón! ¡Aprenderé francés, correré a orillas del Sena e intentaré reírme con ganas al menos una vez al día! ¿Y tú qué harás?

—Yo comeré pan con mermelada, saldré con Marta, iré a bailar y cada noche esperaré tu llamada. No te preocupes. Vigilaré a tus padres y si noto algo raro te lo diré inmediatamente.

—Gracias, Bianca. Gracias. ¿Y si mi madre no me perdona que la abandone?

—Te perdonará, porque no la has abandonado. Estás intentando vivir. Tu madre está enferma pero no es tonta. Sabe muy bien que haces todo lo que puedes para que no eche en falta siquiera las migas del cariño que le das, pero sabe que no puedes pasarte la vida cuidándola. Te perdonará porque no haces nada malo, al revés. Procuras ser un poco más feliz, como todo el mundo, y eso es bueno. Su tristeza no debe paralizarte. Habría podido hacerlo, ¿sabes?

—Perdona, Bianca, no te oigo bien. Creo que se está agotando el saldo. ¿Bianca?

—Te quiero, Livia.

—¡Adiós, Bianca! No sé si me oyes. Me voy. ¡Lo intentaré! ¡No te metas en líos! ¡Te quiero!

No pude contarle la verdad. No pude decirle que mi madre había descubierto que salía con Marta, que me había dado un par de bofetadas y, con los ojos inyectados de sangre, me había preguntado si la quería. Y que cuando le respondí que sí empezó a imitarme como si fuera la protagonista frívola y superficial de una comedia romántica. «La quiere», repitió para sus adentros unas cinco o seis veces, después abrió las ventanas de par en par y empezó a gritar: «La quiere, ¿lo oís bien? ¡La quiere!».

No pude decirle que cuando volvió en sí daba aún más miedo y que, mirándome fijamente a los ojos, me dijo: «Pues haz lo que sea para dejar de quererla».

No pude decirle que no sé qué haré sin ella, encerrada bajo llave en esta habitación como si fuera una delincuente, cuando mi única culpa es solo intentar ser como soy.

No pude decirle nada de todo esto porque habría vuelto atrás, estoy segura, y lo que yo quiero es que por lo menos ella pueda encontrar por fin su cielo.

Caterina
la madre de Livia

Estoy sentada en la terraza. Mi marido acaba de salir de casa y no volverá hasta la noche. Últimamente trabaja el doble para poder pagar a una señora que ayude a Rosa a velar para que yo llegue entera al final del día, o eso dice, pero yo creo que cuando acaba de trabajar se entretiene en casa de otra mujer. Lo noto por el olor cuando regresa, pero nunca le he preguntado nada. No he armado ningún escándalo, tampoco he llorado. Soy consciente de que no soy la que era, y que es imposible querer y desear a la mujer que ahora soy. Me conformo con que no desaparezca, con que al final del día vuelva conmigo.

Hoy se está bien al sol y en el aire flota un aroma agradable a salsa y cebolla. A esta hora todo está en silencio, las únicas voces que se oyen son las de los vecinos, que se alegran de que sus hijos y sus nietos vuelvan a casa después de una larga mañana en el colegio.

La terraza está llena de plantas mustias. Antes me gustaba

cuidar de ellas, regarlas. Ahora no puedo. No puedo hacer nada ni siquiera por ellas.

Ya no me interesa nada. Casi me molesta que la gente sea feliz si yo no puedo serlo. Y eso me hace sentir culpable. Sufro y nadie parece darse cuenta de hasta qué punto.

Las pocas amigas que siguen visitándome me preguntan a menudo por qué. ¿Qué te entristece tanto, Caterina? ¿Qué hace que te sientas tan débil, tan necesitada de atención? ¿Por qué? ¿Hay algo de tu pasado que te tortura y necesitas contarlo? Y yo querría responderles: «A lo mejor la loca no soy yo. Sois vosotras por pensar que la tristeza siempre tiene una explicación».

Ojalá fuera así, ojalá fuera suficiente con llegar al origen del dolor y extirparlo.

Hay casos inexplicables. Mi caso es inexplicable.

Livia me ha llamado hace dos horas para decirme que iba a comer con unos amigos. «Me lo estoy pasando muy bien, mamá. Te encantaría este sitio. ¿Por qué no venís a verme?»

Lo más difícil para mí cada día, cada santo día, es tener que fingir. Fingir que estoy contenta por algo que me molesta, fingir que estoy agradecida por tener algo que ya no tengo, fingir que estoy mejor, que presto atención a palabras carentes de sentido, fingir que todavía siento emociones agradables.

Pero esta vez no he podido. No he podido contenerme y, casi sin darme cuenta, he comentado: «¿No te olvidarás de mí ahora que siempre estás de fiesta?».

En cuanto lo he dicho, he notado que la respiración de Livia se hacía más pesada al otro lado del auricular.

«Mamá. ¿Por qué?»

Y de nuevo el silencio, el silencio insoportable.

Llamada interrumpida.

Eso, Livia. ¿Por qué?

Me levanto y me asomo al balcón. El buzón está vacío y la señora que vive en la casa de enfrente está barriendo su tramo de acera.

Toda esta tranquilidad empieza a molestarme.

No puedo dejar de escucharme, nada me distrae, y eso no es bueno. Mi mente se ha convertido en un lugar tenebroso, tétrico, un lugar en el que es fácil perderse sin tener la menor idea de cómo volver atrás.

Miro hacia abajo y pienso: «¿Y si me tiro?». Este pensamiento me golpea como un puñetazo en plena cara. Siempre le he tenido miedo a la muerte y ahora la idea de hundirme en la nada y dejar de ser una molestia para los demás me reconforta, me tranquiliza. De repente, todo lo que quiero es que me olviden, como si no hubiera existido nunca, dispersarme en el viento que sopla en este día tan luminoso de principios de otoño.

Tengo muy claro que no quiero que vuelvan a ingresarme. En la clínica todos me miran como si fuera una muñeca rota que no se puede arreglar, como si no tuviera remedio.

Pero yo tengo un remedio: podría morir.

Y mientras me dispongo a franquear la barandilla de la terraza como si fuera una autómata, como si no fuera yo quien dirige mis movimientos, me acuerdo de una frase que me dijo Livia cuando era pequeña.

«Mamá, cuando sea mayor quiero ser como tú.»

Y empiezo a gritar.

Edoardo
el padre de Livia

Mi madre me ha suplicado que no llame a Livia, que no la avise, que no le diga nada. Me ha pedido que lo deje correr, que no eche leña al fuego, que no la haga sufrir inútilmente. No quiero pensar en lo que le habría pasado a Caterina si ella no hubiera llegado, si no la hubiera detenido. Me ha contado que la encontró en la terraza gritando, en un estado de total confusión. Me ha dicho que quería tirarse, y ni siquiera sé imaginarme lo que debe de ser estar tan harto como para intentar algo así. Tan harto.

Caterina está fuera de control, cada día que pasa tiene la mirada más apagada. Siempre lleva puesto un gorro negro de lana para no tener que dar explicaciones acerca de los claros que tiene en la cabeza, para no verlos cuando pasa por delante del espejo. Aunque fuera haga calor, aunque el bochorno sea asfixiante. Ya no le interesa nada, no hace preguntas. Ya no me dice: «Qué camisa tan bonita, ¿es nueva?», tampoco me pregunta si uso un gel de baño distinto porque mi olor es ligeramente diferente del de antes. Enciende la televisión pero no la ve. Las voces deben de hacerle compañía, y puede que las imágenes también, pero no sigue ningún programa, no escucha ninguna conversación, no decide qué canal poner: se conforma con el que está sintonizado, y no intenta cambiarlo.

Las cosas han empeorado desde que Livia se fue. Mi madre a veces me llama al trabajo y me dice que mi mujer le da miedo, que no sabe cómo tratarla cuando empieza a soltar palabras envenenadas que a veces no puede reprimir, cargadas de hastío y rencor.

«Grita, Edoardo. Grita y se agita, después se echa a llorar y a reír a la vez. Quizá lo que pasa es que no soy capaz de cuidar de ella, quizá deberías...»

Debería ingresarla de nuevo, por supuesto. Pero nunca he soportado la idea de que la encierren en una habitación, de saber que está presa en una habitación, aunque la verdad es que su verdadera condena es la pena que debe pagar por haber cometido quién sabe qué delito, qué pecado, y no existe espacio abierto en el que pueda sentirse libre.

Lo que tendría que haber hecho, lo que habría querido hacer, lo que habría podido hacer ahora no tiene importancia. Caterina está ingresada en la unidad cerrada de psiquiatría junto a un chico de dieciocho años que se ha fundido el cerebro con las drogas y un hombre de cuarenta que odia a sus padres y querría matarlos, olvidándose continuamente de que ya están muertos. Está ingresada en la unidad de los que tienen menos probabilidades de volver atrás, de recuperarse y volver a empezar, y querría dejarla allí. Querría olvidarla.

Querría no haberla conocido nunca, pero puede que eso sea mentira.

Cuando se duerme no puedo evitar mirar fijamente su cuerpo invadido por la tristeza. Si no le viera la cara asomando entre las sábanas, pensaría: «Ya no está aquí, no está, ha volado como una golondrina», y esta idea me enternece, porque me la imagino y sé que si fuera una golondrina también sería hermosa, porque estoy seguro de que también entonces habría querido tenerla a mi lado.

Desde hace unos meses me veo con Federica, una mujer sin pájaros en la cabeza que no pide más de lo que puedo darle.

No sé lo que siento porque he perdido la costumbre de querer a alguien. Así, en general, por eso no sé si todavía soy capaz de amar, pero me gusta caminar a su lado y también cómo cruza las piernas cuando me escucha. Soy un monstruo, pero no sé salir adelante solo. La ayuda de mi madre no es suficiente. Echo de menos a Livia porque seguro que ella sabría qué hacer.

Llevo dos horas y media mirando fijamente el teléfono de la cocina. Es domingo, dentro de poco llegará Federica e iremos a comer fuera fingiendo que disponemos de todo el tiempo del mundo. Hacia las cuatro nos despediremos y yo iré a ver a Caterina, porque está claro que ella tampoco puede salir adelante sola.

Llevo dos horas y media mirando fijamente el teléfono de la cocina y las palabras de mi madre siguen retumbando en mi cabeza: «No le digas nada, por favor», pero algo me empuja a marcar el número de Livia. Me convenzo de que es lo correcto, Livia tiene derecho a saber que su madre ha intentado suicidarse, es ella quien tiene que decidir cómo comportarse, pero cuando oigo su voz alegre y todavía somnolienta caigo en la cuenta de que no estoy haciendo esa llamada por su bien, sino por el mío.

Necesito ayuda, pero no es solo eso. Necesito a alguien con quien compartir mis responsabilidades, las promesas que hice hace mucho tiempo en aquella iglesia cerca del mar, «en la salud y en la enfermedad», y mientras le digo «no vuelvas cariño, todo está arreglado», me doy cuenta de lo falsas que suenan mis palabras. Claro que volverá, claro que lo dejará todo. Claro que le estoy diciendo «vuelve enseguida, en cuanto puedas».

—No, papá, no puede ser verdad. ¡Dime que no es verdad!

Sin embargo, lo es: soy un cabrón.

—Cojo el primer avión para Pisa. Vuelvo a casa.

Enrica
la enfermera de la madre de Livia

No es la primera vez que ingresan a Caterina en la clínica donde trabajo.

La vez anterior, antes de despedirme de ella, le dije: «No quiero volver a verte por aquí. Quizá en una pizzería, en un bar para tomar un café o en la playa, pero aquí no, por favor». Sin embargo, aquí está otra vez. La ha acompañado su marido y cuando se ha ido ni siquiera le ha dado un beso.

—La he hecho buena —me ha confesado cuando nos hemos quedado solas—. La he hecho buena —ha repetido acariciando una sábana apelmazada tras numerosos lavados. Parecía una niña indefensa, una niña que ha hecho demasiadas travesuras.

—¿Qué has hecho, Caterina? Cuéntamelo, si quieres.

Ha evitado responder a mi pregunta y ha dicho:

—Mi marido y mi hija me odian. Para ellos no soy más que un peso.

Obviamente yo sabía lo que había pasado. A los enfermeros siempre se nos informa del estado de los pacientes, ya que a algunos se les considera peligrosos porque pueden hacer daño a los demás y hay que estar muy atentos. Pero Caterina no es una de ellos. Ella solo se haría daño a sí misma.

—Es imposible que te odien. ¿Cómo va a odiarte tu hija? Eres demasiado dulce, y además eres su madre.

—No me perdonará nunca porque la traje al mundo.

He puesto mi mano sobre la suya y le he dado un tranquilizante.

—Tómatelo, te sentará bien.

Después de decirlo, he caído en la cuenta de lo ridículas que podían sonar mis palabras a quien que ya no siente más que tristeza. ¿Habrá algo que realmente pueda sentarle bien?

Me he quedado a su lado hasta que se ha dormido de cara a la ventana, como si también durmiendo buscara una vía de escape.

Tiene las mejillas llenas de arañazos, y el pelo ralo y apagado.

Trabajo aquí desde hace quince años y todavía me cuesta aceptar que alguien pueda acabar así porque su mente le ha jugado una mala pasada. Hago todo lo posible para ponerme en el lugar de estas personas, pero no puedo. En casa me espera un niño de ojos vivaces y manos suaves. Solo él. Yo también he perdido a alguien, yo también he perdido algo, pero jamás se me ha pasado por la cabeza rendirme. ¿Por qué a ellos sí? ¿Realmente no tienen nada a que aferrarse?

Creo que, en el fondo, una parte de mí los desprecia.

Pero Caterina me gusta.

Un día me contó que antes bailaba y que lo hacía siempre que se quedaba sola en casa.

«Era bastante buena. Y, además, cuando todavía no tenía ataques de pánico a veces llevaba a Livia a ver la puesta de sol en el mar. Durante el trayecto en coche cantaba a voz en cuello con la mano fuera de la ventanilla y ella balanceaba los piececitos, me señalaba y se reía como si se burlara de mí.

»Hacíamos buena pareja.

»Cuando llegábamos a la playa, yo me sentaba en la orilla mientras ella jugaba a escapar de las olas. Si lo lograba, debía aplaudir, si no se enfadaba.

»En cuanto me daba cuenta de que el sol estaba a punto de ponerse le decía a mi hija que viniera a sentarse a mi lado. Nos quedábamos calladas las dos, abrazadas, hasta que el cielo empezaba a teñirse de rosa. Entonces Livia decía: "Buenas noches, sol".

»En el camino de vuelta parábamos a comprar una pizza margarita para nosotras y una de champiñones con jamón de York para Edoardo.

»Tardábamos una hora a la ida y otra a la vuelta, pero créeme, valía la pena.»

Cuando se calló —quién sabe por qué— se echó a reír. Una carcajada amarga que no llegó a estallar, como si se negara aquel instante de ligereza, como si ni siquiera mereciera el recuerdo inasible de una felicidad marchita.

Después añadió: «De pequeña yo también jugaba con las olas. Entonces estaba convencida de que la diversión consistía en huir del agua. Pero quizá lo divertido era dejarse pillar, dejarse invadir por el mar».

Desde que su hija ha vuelto a casa, viene a verla todos los días. No ha dejado de hacerlo ni siquiera un lunes, que suele ser un día ajetreado, ni un domingo de sol.

Caterina se sienta cada mañana detrás de la ventana y la espera. Le gusta verla llegar. A menudo se niega categóricamente a comer, no quiere leer (dice que las palabras la llenan de consternación) y casi nunca se queda a escuchar música con los demás pacientes.

Livia se parece mucho a su madre, aunque no creo que eso les haga gracia a ninguna de las dos.

Cuando llega nunca se entretiene hablando con nadie y evita deliberadamente mirar a su alrededor. Quizá el dolor de los demás le resulta molesto o, más probablemente, la desorienta, por eso prefiere evitarlo. Siempre trae algo para Caterina: una flor, una caja de chocolatinas, un jersey de colores. Coge una butaca, se sienta a su lado y miran el cielo juntas durante al menos una hora. Casi nunca hablan ni se tocan.

Creo que quiere mucho a su madre, a pesar de que una vez, hace dos semanas, tuvimos que alejarla de la clínica.

Todo parecía tranquilo. Estaban sentadas una al lado de la otra como siempre, cuando en un momento dado Livia levantó la voz.

—Ya no te aguanto. ¿Por qué cada paso que das, hacia adelante o hacia atrás, tiene que depender de mí? Me has arruinado la vida, ¿lo sabes? Dejé de escribir y de estudiar por tu culpa, y por tu culpa he perdido mi libertad. Lo has arruinado todo. Hace muy bien tu marido traicionándote. No estás enferma, eres malvada, y yo no puedo más.

En cuanto me percaté de lo que pasaba, intenté intervenir como puede.

—Livia, cariño, creo que será mejor que...

—¡No! Esta vez tengo que ir hasta el final. Vosotros la veis ahí sentada, sumisa y taciturna, y os parece fácil quererla, estar a su lado, pero la verdad es que ella puede convertir la vida de cualquiera en un infierno, especialmente la mía.

Caterina seguía mirando al otro lado de la ventana, impasible. Tenía los ojos brillantes, pero no lloraba.

—¿Sabes lo que ha decidido hacer ahora? Ha dejado de hablar. No quiere hablar porque no podré visitarla durante unos días. ¿Lo ves? ¿Ves la vida de mierda que llevo? Tengo veintitrés años y me siento como si tuviera noventa. No puedo alejarme un solo día porque, si lo hago, mi madre se suicida. ¿Lo entiendes? No, no lo entiendes, ¿cómo vas a entenderlo? A la mierda, a la mierda todos.

Andaba de un lado a otro por la habitación. Sus ojos rebosaban de rabia, de rencor y de deseos a duras penas sofocados por amor. Cuando entraron dos médicos dispuestos a acompañarla a la salida, Livia se puso el abrigo y dijo con tono de desprecio: «No es necesario, conozco el camino».

Pensaba que no volvería a verla en mucho tiempo, sin embargo, al día siguiente estaba de nuevo ahí. Había logrado posponer los compromisos que tenía.

—Perdona por lo de ayer, me avergüenzo...
—No te preocupes. ¿Cómo te encuentras hoy?
—Estoy más tranquila. ¿Está mi madre en su habitación?
—Sí. Hoy no se ha levantado de la cama. Ve a verla.
—De acuerdo.

Vi como respiraba hondo antes de entrar, la vi titubear delante de la manilla de la puerta, reunir fuerzas para hacerlo. Cuando llamé para decirle que el horario de visitas estaba a punto de acabar la encontré tumbada al lado de su madre. Le rodeaba la cintura con un brazo como si no quisiera dejarla ir y tenía la cabeza apoyada en su corazón.

Leo
el amante por una noche de Livia

Me despido de ella por última vez antes de arrancar, consciente de que no volveremos a vernos. Me despido de ella por última vez e intento grabar su imagen en mi memoria: las rodillas angulosas al aire, la sonrisa enigmática, los brazos caídos a los lados de las caderas.

Hemos tenido una sola noche, solamente una, pero ha sido suficiente para que quiera dedicarle una canción, para que no quiera olvidarla, aunque sé que con el tiempo esta noche se convertirá en un pálido recuerdo y habrá días en que creeré que solo la imaginé.

Me despido de ella por última vez, y, como era de esperar, ella es la primera en apartar la vista, es la primera en renegar de una intimidad encontrada por casualidad y perdida por decisión nuestra, porque las personas como nosotros no pueden querer, no pueden quedarse. Me lo ha dicho mientras jugueteaba con un cigarrillo, mientras miraba el cielo sin estrellas. Me ha dicho: «No quiero construir nada. No quiero formar una familia porque mi familia me ha arruinado la vida. Estoy bien sola, aunque a veces me gusta que me besen». Entonces le he acariciado el cuello y le he dado un beso. Después he replicado: «Yo amo mi libertad. En mi vida no hay espacio para nada más, aunque a veces me gusta besar a las chicas guapas». Ella se ha echado a reír y me ha devuelto el beso, como si se sintiera aliviada al saber que, a pesar de que quizá éramos perfectos el uno para el otro, nos perderíamos de vista.

Le he contado que cuando era un chaval iba a una escuela de teatro, la primera vez que me exhibí en público, el primer aplauso, las noches en que tuve que conformarme con un café para cenar. Le he contado que escribo monólogos cuando el sol se ha puesto, que nunca me quedo más de una semana en el mismo sitio y que a menudo he pensado que debería rendirme, dar marcha atrás, volver con mi madre que lleva diez años llorando porque me fui. Para ella morí el día que decidí intentar ser feliz.

Ella me ha contado que cuando era pequeña no le daban miedo las montañas rusas, y en cambio ahora tiene miedo de todo menos de morir. Me ha contado que le gusta bailar delante del espejo, maquillarse para estar en casa e ir la playa en tren. Me ha contado cosas que probablemente carecen de importancia a ojos de quien está todos los días a su lado; me ha hablado de lo inútil, de lo superfluo, de todo lo que la mantiene aún con vida.

No hemos hecho el amor, o quizá sí, pero en el fondo poco importa. Cuando la he visto desnuda he pensado que parecía una princesa en peligro que no quería que la salvaran. Cuando la he visto desnuda he pensado: «Podría quererla, pero ¿y después? ¿Qué pasaría después? Perdería el control y la dignidad, perdería mi tiempo y mis palabras, acabaría encontrando insoportables sus elegantes y cuidadas manos a pesar de tantas horas de trabajo en el bar, acabaría odiándola por todo lo que me ha quitado en vez de agradecerle todo lo que me ha enseñado». Por eso me he limitado a acariciarla.

Las personas subestiman las caricias y las historias que nacen y acaban en el lapso de unas pocas horas, como si su valor dependiera de su duración.

Las personas también subestiman la importancia de la liviandad, pero yo he aprendido que de vez en cuando hay que dejarse llevar sin oponer resistencia: solo así se aprende a volar.

Anoche, mientras recitaba en la calle, la vi zigzaguear entre las mesas para servir a los clientes e inmediatamente deseé que se fijara en mí. Parecerá extraño, pero aunque sea poco frecuente a veces las cosas suceden como habíamos deseado. Al final del espectáculo se acercó y me felicitó: «Trabajo aquí delante y te he visto actuar. Me ha gustado lo que has dicho. Se nota que crees en lo que haces. Felicidades».

Durante una fracción de segundo sopesé si limitarme a decir «Gracias» y dejar que volviera a sus quehaceres, que se desvaneciera en el agujero negro de todo lo que hubiera podido ser y no será, pero quizá fue la electricidad que hay en julio en esta ciudad, puede que fueran las mesas al aire libre o tal vez el hecho de que llevara el pelo sujeto con un lápiz de color naranja, lo que me empujó a añadir: «A mí me gusta cómo sonríes a las personas a las que sirves bebidas. Si quieres te espero en ese banco y cuando salgas de trabajar damos un paseo».

Estaba convencido de que me mandaría a la porra. Sin embargo respondió: «De acuerdo, dame un cuarto de hora y te acompaño a comer el bocadillo más bueno de tu vida».

A veces te encuentras con alguien y lo reconoces, aunque eso no significa que ese alguien vaya a cambiar tu vida. A lo mejor, y digo a lo mejor porque para mí ya es una gran cosa, la mejora durante unas horas. Esa es la sensación que tuve cuando conocí a Livia.

El bocadillo estaba realmente bueno, tan rico como el sabor de su piel. Caminamos sin destino durante horas, pasamos varias veces por los mismos jardines, los mismos portales, las mismas verjas.

«Me he perdido —dijo en algún momento mientras por una ventana se oía la letra de una canción que antes me gustaba mucho y cuyo título ahora no recuerdo—. Me he perdido y para mí es perfecto, porque si me encontrara seguramente no me gustaría. —Después ha añadido—: Quiero ir a bailar.»

Así que la llevé a bailar, porque cuando alguien decide cuidar de alguien, por una noche o toda la vida, no debería retroceder ante a nada. Estuvimos bailando y bromeando un rato, empapados en sudor, luego fuimos a mi caravana e hicimos el amor, o quizá no, da igual. Hay quien lo llama sexo, porque sin conocerse dicen que es sórdido, sucio, escandaloso. Yo creo que en nuestro caso podría llamarse magia.

Jugamos al ajedrez, nos dormimos abrazados y al cabo de un rato su cabeza empezó a pesar sobre mi pecho, pero no le dije nada. Mientras dormía repitió varias veces: «Perdona, mamá». Era como si estuviera sufriendo mucho y cuando se ha despertado tenía mucha prisa por volver a casa, como si la esperara alguien.

No nos hemos dado el número de teléfono, ni siquiera sé cómo se apellida. Sé que si volviera dentro de un año no la encontraría aquí, porque tiene las manos y la mirada inquietas, y los insatisfechos crónicos no dejamos de vagabundear.

Me despido de ella por última vez, pero ella ya se ha perdido entre la multitud. Me parece verla a lo lejos diciéndome adiós, pero quizá me equivoque.

Adiós, Livia. Creo que no es verdad que te hayas perdido.

Adiós, Livia. Creo que simplemente has sabido ocultarte.

Paolo
el amigo librero de Livia

Estoy tumbado en el sofá con el libro de Livia apoyado en las piernas. Faltan pocas páginas para que lo acabe, pero de repente mis ojos se han convertido en algo parecido a un envase desechable y he tenido que interrumpir la lectura. Sus palabras me han trasladado al pasado, a una historia que acabó hace mucho tiempo, pero que todavía no se ha desvanecido por completo. Como aquella vez que volqué una botella de vinagre balsámico en el suelo y a pesar de que lo limpié escrupulosamente su fuerte e inconfundible olor seguía flotando en el aire al cabo de algunos días. Si miro a mi alrededor solo veo desorden y desolación. Todo este desbarajuste no habla de la vida arriesgada de una persona libre que no tiene tiempo para ocuparse de cambiar las sábanas y de quitar el polvo porque tiene cosas mucho más interesantes que hacer que ponerse a limpiar; no, todo este desbarajuste es la consecuencia de una soledad forzosa que no logro aceptar, es la consecuencia de un adiós.

Mientras Elena vivió conmigo esta casa era perfecta. No

había nada fuera de lugar, y así estaba bien. Mientras ella estuvo aquí todo iba bien, pero, por lo que parece, es cierto que nada dura para siempre, ni siquiera las historias de amor más bonitas, puede que especialmente esas. Así que en un momento dado se marchó sin que yo pudiera hacer nada por retenerla.

Los primeros tiempos fueron maravillosos.

Cuando la conocí hice todo como es debido, exactamente como me había enseñado mi madre: ahorré algo de dinero, esperé el momento adecuado y le pedí que se casara conmigo. Ella aceptó inmediatamente y me saltó al cuello. Fuimos a Cerdeña de luna de miel y, cuando volvimos, de común acuerdo decidimos tener un hijo.

Pasaron unos cuantos meses y el embarazo no llegaba. La librería iba viento en popa: había circulado la voz de que yo sabía aconsejar a los clientes y hasta escribieron un artículo sobre mí en un periódico local. El periodista me definió como «El librero imaginario», y añadió que tenía el don de leer los corazones de las personas con una sola mirada y comprender qué palabras necesitaban.

Mientras yo iba y venía, siempre ocupado en cosas que me parecía imposible aplazar, mi mujer se dedicaba a cuidar sus rosas y a esperarme junto a la ventana.

Tener un hijo se había convertido en su mayor obsesión, para ella yo ya no era una persona, sino el medio para alcanzar su fin. Las veladas de los miércoles dedicadas a los lectores se habían abolido: tenía que estar con ella, no sabíamos cuál sería el momento adecuado para concebir.

Sabía que Elena me quería porque algunas noches se despertaba sobresaltada y empezaba a sollozar, después me abrazaba como si llevara años sin verme y me susurraba: «Perdóname, cambiaré, cambiaré». Pero no cambiaba nunca y hacía todo lo necesario para arrastrarme en el torbellino de sus deseos, tan densos que parecían pesadillas.

Un día, tras tres años de pruebas frustrantes, análisis y esperas, un médico nos dijo sin medias tintas que el problema era yo.

—Pero ¿cómo es posible que nadie se haya dado cuenta? ¡Parece mentira! —dije.

Sin embargo, era lo más probable.

—¿Está seguro, doctor? —preguntó Elena con la mente ya puesta en otro sitio.

Un atisbo de esperanza le iluminaba el rostro demacrado por la decepción.

—Completamente, lo siento. Aun así, podemos sopesar otras soluciones...

Seguramente ella ya no le prestaba atención.

Cuando volvimos a casa intentó tranquilizarme: «No te preocupes, no pasa nada, nada. Te quiero, lo demás no cuenta», pero yo sabía que la había perdido.

En efecto, hace dos años me dejó.

Se quedó embarazada de un tipo por quien había perdido la cabeza y el corazón. Me dijo que se iba a vivir con él en una casa cerca del mar.

Estaba radiante con aquel vestido azul marino, su pelo rojo brillaba tanto al sol que cegaba la vista. Había elegido el camino más fácil, o quizá el único transitable.

No me pidió perdón, pero me dio las gracias.

«Gracias por entenderlo», pero la verdad es que no yo no había entendido nada, aparte de que las rosas a las que había dedicado tantos cuidados en los últimos años se marchitarían, y me pareció un gesto de una maldad inaudita por su parte abandonarlas sin más. ¿Qué culpa tenían ellas? ¿Y yo?

Lo único que le dije fue: «¡Cuídate!», porque no había nada más que añadir, y cerré la puerta. A la semana siguiente fui a comprar unas tijeras de jardinero y corté todas las rosas.

Durante unos meses me olvidé hasta de la librería, como si ya no fuera mía, como si el hecho de que se hubiera derrumbado un sueño justificara que también se derrumbaran todos los demás. Hasta que volví a ver a Livia.

Era la víspera de Navidad del año pasado.

La gente revoloteaba por las calles como polillas enloquecidas; para mí, en cambio, era un día como otro cualquiera, ya que en aquella época el tiempo no tenía valor alguno para mí y las fiestas de guardar, los cumpleaños, los lunes, la noche y el día ni siquiera existían. Todos los días eran iguales y no esperaba ningún momento del día con ilusión. Dejaba correr los minutos sin preocuparme por dar sentido a nada de lo que hacía, que, por lo demás, era muy poco. Iba a trabajar todos los días, por las noches me bebía una botella de vino tinto barato para dormir sin problemas y los domingos por la mañana hacía la compra para toda la semana. Sin sexo, sin amor y sin expectativas.

Cuando Livia entró en la librería arrastrada por su amiga Bianca no la reconocí al momento. Llevaba un gorro de lana demasiado grande para su minúscula cabeza y estaba tan delgada que impresionaba. Solo su voz era la de siempre.

—Hola Paolo. —Cuando pronunció mi nombre no pude contener la sorpresa.

—¿Livia?

—Sí, soy yo.

Aquel día no hablamos mucho, pero lo hicimos más tarde, en la penumbra del único pub del pueblo, donde me contó que hacía tres años que había vuelto, pero que se avergonzaba de salir de casa, le daba vergüenza venir a verme.

—No soporto la idea de que me vean así. Ni la ropa de color ni el maquillaje logran ocultar mi frustración y mi insatisfacción, y temo que la gente no pueda soportar mi mirada. Perdóname por no haber ido a verte antes. Si no hubiera sido por Bianca tampoco lo habría hecho ahora.

—Está preocupada por ti. Me ha dicho que lo único que haces es trabajar, cuidar de la casa y hacer compañía a tu madre.

—¿Acaso haces tú algo mejor?

Maldita impertinente.

—También me ha dicho que has dejado de escribir. La última vez que nos vimos me prometiste que seguirías tu relato, que donde quisiera que la vida te llevara no lo abandonarías.

—Pues lo abandoné. No tuve más remedio, pero lo siento. ¿Me perdonas?

—Mmm...

—¡Por favor!

—¡Por supuesto!

—Y tú, ¿cómo estás?

—¿Cómo estoy? Me gustaría decirte que bien, hacer como si nada, pero eres demasiado lista y de todas formas lo notarías. Estoy fatal. ¿Te acuerdas de Elena? Como habrás comprendido, me ha dejado. Nos enteramos de que yo no podía tener hijos y no pudo aceptarlo. Ahora convive con un tipo con cara de imbécil que siempre está bronceado. Tienen una hija que se llama Luce, que seguramente ya habrá empezado a andar, mientras que yo todavía no he aprendido a hacerlo. Hay noches en las que bebo hasta vomitar. Los clientes están desapareciendo de uno en uno, semana tras semana, y no hay nada que de verdad me interese.

—Salvo yo.

—Mmm...

—¡No fanfarronees!

—¿Por qué no vuelves a escribir?

—¿Crees que podría hacerlo?

—Creo que deberías hacerlo. Tienes permiso para hacer algo que te gusta, aunque tu madre esté enferma.

—¿No será demasiado doloroso?

—No lo será porque yo estaré a tu lado.

—¡Entonces sí que será terrible!

—Te he echado de menos.

—Y yo a ti.

Estuvimos trabajando un año en su historia. Cada tarde, puntual como quien acude a la cita que podría cambiarle la vida, Livia venía verme, los dos decidimos volver a intentarlo. Yo dejé de beber por las noches y ella ya no se salta las comidas. Yo vuelvo a leer y a ella cuenta lo que le ocurre, ha roto mi silencio y me ha proporcionado un motivo para seguir luchando.

Cuando la observaba escribir, inclinada sobre sus papeles llenos de garabatos y tachaduras, a menudo me preguntaba si alguien se estaba ocupando lo suficiente de ella, si alguien intentaba hacerla feliz o al menos aliviar su sufrimiento.

Cada vez que su madre empeoraba llegaba a la librería con la intención de tirarlo todo por la borda.

—Es inútil, Paolo. ¿No te das cuenta? ¿De qué me sirve desear si no puedo ser libre? ¿De qué me sirven todas estas palabras si la persona que debería quererme más que a nadie en el mundo nunca las leerá?

—Nada es inútil, Livietta. Ni siquiera este dolor. No voy a decirte que te hará más fuerte, más interesante o más madura, porque seguramente no es así. Este dolor te arrastrará hasta tocar fondo, te hará aún más vulnerable, cínica y desconfiada. Te destruirá sin que puedas hacer nada por evitarlo, pero hasta que en tu jardín solo queden ruinas, no podrás construir tu palacio, pintarlo del color que quieras y poner plantas en la terraza para embellecer la fachada. O tumbarte entre los restos de tu vida pasada para disfrutar del sol y dejarte acariciar por el viento. Puedes plantar un cerezo en tu jardín o dar media vuelta y marcharte. Pero, sea cual sea tu decisión, debes tomarla sola. Para eso sirven los deseos: los deseos nunca te abandonan. Necesitarás un poco de magia a la que aferrarte, por eso debes resistir. ¿Qué me has dicho siempre?

—Que no quiero ser como ella.

—Pues lucha. Hazlo por las dos.

Entonces Livia ordenaba sus papeles, cogía el bolígrafo y se ponía a escribir en silencio.

Han pasado los meses, se han sucedido las estaciones, las noches en blanco y los días tranquilos, se han cumplido las catástrofes anunciadas sin consecuencias excesivamente graves y una parte de su dolor, no sé exactamente cómo, se ha diluido con el fluir de la tinta. Y todo ha pasado porque así son las cosas, lo queramos o no, y ya estamos en la víspera de otra Navidad.

Sí, porque es cierto que todo pasa, pero lo bueno (o lo malo) es que hay cosas que siempre encuentran el camino de vuelta, aunque nada se repite dos veces de la misma manera.

Otra víspera de Navidad. Livia y Bianca se presentaron ayer en la librería a eso de las nueve de la mañana.

—Hemos pasado un momento para saludarte. ¡Bianca todavía tiene que comprar todos los regalos!

Estaba eufórica. Finalmente, después de muchos meses, había recuperado su bonita tez dorada.

—¡Te traigo un regalo!

—¿A mí?

—Sí, a ti.

Me dejó un sobre de plástico negro sobre el mostrador, se inclinó hacia delante y me estampó un beso en la mejilla.

—Gracias, Paolì.

—¿Gracias, por qué?

—¡Por no hacerme un regalo que seguramente no me habría gustado!

Fingí enfadarme. Bianca se echó a reír.

Cuando se fueron, me quedé solo otra vez. Quería esperar a llegar a casa para abrir el sobre, pero no pude contenerme. Dentro había un paquete de hojas escritas a máquina y encuadernadas.

Era su historia. La historia de Livia.

Llevo tres días sin parar de leer aprovechando las Navidades, los días festivos y todo este silencio que me rodea.

Saboreo las palabras y cuando acabo de leer una página espero que no sea la última. De vez en cuando vuelvo atrás y releo algunos pasajes para ver si encuentro alguna objeción que hacerle, pero me gusta todo. Es tan sincero y tan honrado que suscita nostalgia. La nostalgia es un sentimiento agridulce que no puede hacer daño. Es el recuerdo de algo que fue, algo que dimos por descontado cuando lo tuvimos, algo que se ha vuelto especial con el tiempo. Es la última caricia de mi madre antes de apagar la luz, el olor a ajo y a jabón de Marsella en las manos de mi abuela, el primer beso dado con demasiada saliva y el corazón a punto de estallar. Sentir nostalgia es haber aprendido a dar valor a las cosas.

Ahora acaricio estas hojas y mientras leo la última frase me doy cuenta de que no puedo esperar un minuto más: debo verla.

La llamo pero no responde, el teléfono suena hasta que salta el contestador. La llamo a casa, pero su padre me dice que ha salido corriendo sin decirle adónde iba.

«¿Adónde habrá ido?»

Me lavo la cara en el fregadero de la cocina porque el baño

se me antoja demasiado lejano, cojo el último yogur de plátano que ha caducado hace dos días y me apoyo en la mesita. No me da tiempo ni a llevarme a la boca la primera cucharada cuando oigo a alguien gritar.

—¡Abre enseguida! ¡Hace un frío de mil demonios! ¡Me estoy congelando aquí fuera!

Es ella.

Abro y me encuentro delante de Livia, tiene la nariz enrojecida y el pelo revuelto. Jadea.

—¿Te has echado una carrera?

—Más o menos, sí. ¿Vas a invitarme a entrar o no?

—¡Claro, madame!

—¡No hagas el tonto!

La miro mientras merodea entre mis cosas, en ese desbarajuste que no tiene justificación, y me parece tan indefensa que me gustaría cogerla de la mano y apartarla de sus fantasmas, de sus rígidas ideas, de las sombras que de vez en cuando oscurecen su rostro.

—He acabado de leer tu libro, Livia.

—¿Y?

Y lamento que nadie te haya implorado que siguieras soñando; si alguien lo hubiera hecho, quién sabe cuántas montañas habrías escalado ya, en vez de vivir asomada a la ventana mirando cómo los demás lo hacían en tu lugar. Me pregunto si no será demasiado tarde, pues los sueños necesitan dedicación, y sobre todo constancia y entrenamiento. Soñar no es como ir en bicicleta o conducir un coche, que una vez se aprende ya no se olvida. Nos olvidamos fácilmente de soñar.

Cuando crecemos nos dicen que son cosas de niños, que deberíamos dejar de hacerlo, que soñar nos perjudica. Nos dicen que es mejor tener los pies en la tierra, pero la tierra también tiembla de vez en cuando. Y entonces ¿qué hacemos?

Lamento que hayas dejado escapar muchos trenes sin que siquiera te hayas dado cuenta de que te esperaban a ti, lamento que hayas pensado quién sabe cuántas veces «Se acabó».

A la luz de esta lámpara la veo tal como es: una chica con los puños apretados y los labios hechos para besar que solo necesita creer en algo.

Por eso ha venido corriendo esta noche. Ahora lo sé.

—Me gusta, Livia. Me gusta mucho. Es perfecto.

—No es verdad.

—Sí, lo es. Ven aquí.

—¿Aquí? ¿Adónde?

—Aquí, a mi lado. Deja que te sorprenda, porque a veces los muros que construimos para defendernos hacen más daño que una batalla perdida. Tu libro, Livia, es bueno. Puede que te parezca imposible porque odias todo lo que tiene que ver contigo, pero es así. No podemos fingir que no existe, no podemos ocultarlo. Lo revisaremos juntos, lo enviaremos a una editorial y esperaremos. Esperar también puede ser bonito.

Después le he cogido la mano y ella ha intentado escurrirse, pero al cabo de un instante ha estrechado la mía.

Le he hecho dar media vuelta como si estuviéramos bailando y después le he preguntado:

—¿Oyes esa música?

—Creo que sí.

—Bien. Procura no olvidarla. Piensa en estas notas cuando creas que no vale la pena. Siempre vale la pena.

—Te odio —me ha dicho, y a duras penas ha podido reprimir una sonrisa.

—Sí, lo sé. Yo también te quiero.

Caterina
la madre de Livia

¿Cuándo empezó todo? Me esfuerzo en recordarlo, pero no puedo.

Quizá el día en que vi el cuerpo sin vida de mi abuelo sobre la cama. «Dormirá aquí solo esta noche», dijo mi madre entre enormes lágrimas que resbalaban de sus ojos. Yo intenté sacudirlo porque tenía seis años y no me gustaba que la gente durmiera: quería jugar, pero él no se despertaba.

O quizá el día en que me arreglé con esmero para un chico que me gustaba, pero él no se presentó a la cita. Lo esperé toda la tarde, y al día siguiente, cuando iba a la escuela, lo vi con una chica mucho más alta y más guapa que yo.

También pudo haber sido aquella vez que mi padre me despertó y me dijo que aquella noche habían ingresado a mi madre en el hospital, y yo no me había enterado de nada.

O tal vez un día cualquiera, un día en que debería haber dicho muchas cosas, una avalancha de cosas, y en cambio me quedé callada y todos mis pensamientos me devoraron por dentro como las llamas de un incendio indomable.

Pero cabe la posibilidad de que no exista un principio y la verdad sea que siempre he sido así.

Es difícil admitirlo, pero es posible que esta criatura que se alimenta de los colores, como el lobo del cuento infantil, viva dentro de mí.

Durante todos estos años me he atiborrado de medicinas y me he esforzado en encontrar una explicación, un motivo plausible, algo lo suficientemente grave para justificar mi total ausencia de entusiasmo por la vida, pero solo acuden a mi mente tonterías: Lucia, mi compañera de pupitre a los diez años, le envió una nota a Chiara preguntándole si quería ser su mejor amiga, cuando creía que su mejor amiga era yo; el bofetón de mi padre cuando al volver del trabajo me encontró haciendo volteretas en el patio con una falda que según él era demasiado corta para una niña; mi primer cabello blanco.

Edoardo me preguntaba a menudo si podía hacer algo por mí, y me hubiera gustado contarle cómo me sentí una vez que fuimos a Madrid y él se quedó rezagado mirando un puesto callejero. Por un instante pensé que me había quedado sola y sentí un escalofrío, pero no de miedo. Era nostalgia, curiosidad. Fue como sentir de golpe mil vidas, entender de golpe que no podría vivirlas todas, que estaba obligada a elegir, y, en efecto, al final no he tenido más remedio que hacerlo: he elegido no vivir ni siquiera una.

Me habría gustado tener otro hijo, un chico quizá, y por poco lo consigo. Estaba casi de cuatro meses, faltaba poco para cumplirlos, pero a lo mejor es verdad que cuando deseas algo con demasiado ahínco, tarde o temprano acabas echándolo a perder. Mi hijo, que ni siquiera tenía nombre, un buen día decidió desaparecer en un mar de sangre y de remordimientos. Intentaron explicarme que la causa estaba en la placenta, pero yo me negué a escuchar. Ya sabía lo que había pasado: un exceso de amor. Aquella criatura de cuatro meses que me había hecho compañía noche y día se había ahogado en el amor enfermo que yo había volcado sobre él.

Era culpa mía, y echaba de mi casa y de mi vida a quienes intentaban convencerme de lo contrario.

Pero tenía a Livia, y mi máquina de coser. Y los pies calientes de Edoardo bajo las sábanas. Y dos o tres amigas que sabían cómo hacerme reír no paraban de recordarme la suerte que tenía. Sí. Era una persona afortunada, entonces ¿por qué no lograba ser feliz?

Un día, después de haber tomado un somnífero demasiado fuerte para mi constitución, soñé que hacía el amor con una mujer. Su piel apenas había sido consumida por el tiempo y se movía muy lentamente. Me besaba, me acariciaba el pecho, el estómago, y, aunque suene extraño porque nadie se para a mirar con detenimiento a los demás, me miraba lentamente.

En el sueño me dedicaba a ella, a su placer, a sus manos, a su espalda, y, si Dios existe, solo él sabe lo doloroso que ha sido comprender que esa fue la última vez que me entregué a alguien por completo. Y ni tan solo era real.

Edoardo se rindió muy pronto conmigo, pero no quiero culparlo de nada. Ha procurado que no me sintiera sola cuando empezaba a morir, sin tener en cuenta que tal vez lo que quería era volver a vivir. Me ha hecho compañía, no me ha abandonado. Debería ser suficiente. Para él me he convertido en una enferma terminal a la que hay que cuidar, lo cual ni me ofende ni me decepciona. Mis huesos y mi piel pesan unos cuarenta kilos, doy repelús, y hace mucho que dejé de hablar porque todas las palabras que pronunciaba antes de elegir el silencio me parecían erróneas y me costaban mucho esfuerzo.

¿Por qué una copa de vino blanco y un vestido alegre no son suficientes para hacer que me sienta bien? ¿Qué me han hecho? ¿Quién se ha llevado a Caterina?

La salsa de tomate que hacía mi madre era fenomenal. Todas las vecinas la envidiaban porque de ninguna casa emanaba el aroma de la nuestra. La echo mucho de menos. Siempre se echa de menos a la madre porque nadie te querrá como ella. Y si no fuera así, nunca dejarás de desear haberte equivocado, desear que te quisiera al menos un poco. Al menos un poco más que las demás personas. Un poco más que quien siempre te ha deseado lo peor.

¿Sabrá Livia que la he querido a mi manera? ¿Será suficiente para ella?

Cuando se siente algo por alguien sin reservas, sin cautelas, no se sabe si este sentimiento llegará a su destinatario sin fisuras, entero, tal como lo hemos emitido.

¿Logrará entenderlo?

Estoy cansada, muy cansada. Nunca me ha gustado el chocolate, pero ahora me apetecería comer un poco. No volveré a escuchar música. No volveré a conducir un coche ni a discutir con Edoardo por los programas de la televisión. Pero ya no importa.

No sé cuándo empezó todo, pero tengo la certeza de que ahora se ha acabado.

Livia. No encontrarás una nota de disculpa porque nada puede disculparme. Quizá ni quisiera quería morir. Quizá he exagerado con las píldoras, pero ¿cómo se vuelve atrás? A mi primer beso, a la primera vez que dije un taco en voz alta, a mi primera carta de amor, al primer pastel que preparé, a la primera vez que te vi, a la primera mentira que dije sin sentir remordimiento, a la primera vez que vi el mar, a la primera vez que usé el pintalabios de tu abuela, a la primera vez que me sentí invencible.

Si supiera dónde va a parar el asombro, si supiera dónde van a parar los sueños, juro que iría a buscarlos y volvería contigo.

Marina
la maestra de Livia

Hace unos meses que he empezado a olvidarme de las cosas. Tonterías, por supuesto. A veces me sale el nombre de mi hermano cuando llamo a mi marido o de pronto no me acuerdo del número de teléfono de mi amiga Teresa. Se lo dije al médico y él me respondió que eso es normal: «Marina, acabas de cumplir setenta años y aunque estás en forma es normal que empieces a perder facultades», me dijo.

Pero su respuesta no acabó de convencerme, así que para mantener la mente entrenada dedico una hora al día, como mínimo, a hacer crucigramas, después leo algún libro o escucho un poco de música. No quiero perder las palabras, no quiero quedarme sin ellas, ¿cómo lo haría para vivir?

De todos los meses del año, es en septiembre cuando más echo de menos la escuela: preparar los carteles de bienvenida, comprar paquetes de caramelos para que la vuelta sea más dulce. Los gritos cuando toca el timbre, las redacciones sobre las vacaciones, los rostros más afinados por el paso del tiempo, los ojos muy despiertos y un poco menos inocentes que en junio.

Ocuparse de los pensamientos de otra persona, aunque sea en miniatura.

No tengo hijos porque cuando decidí que quería tener uno era demasiado tarde. Nunca me he quejado, aunque a veces —cuando cierro los ojos— intento imaginar cómo habría sido mi vida si se la hubiera dedicado a alguien.

Hace unos meses que he empezado a echar de menos a personas que no he conocido, lugares que nunca he visitado.

Me ocurre cada vez más a menudo que al cruzarme por la calle con chicas perfumadas, casi perfectas, las miro con nostalgia.

Hubo un tiempo en que me ponían de buen humor, ¿qué ha pasado?

Su pelo lustroso, su piel lisa y sus gestos espontáneos me recuerdan que últimamente me resulta difícil encontrar algo que me haga reír. Me recuerdan que no se puede volver atrás, que solo se puede seguir adelante, y ese pensamiento no me hace feliz cuando el camino que queda por recorrer es mucho más corto que el recorrido.

Eso no impide que me cuide, que me pinte las uñas, que vaya al cine, haga la compra o alguna escapada de fin de semana, ni que disfrute observando las estrellas.

Además, envejecer tiene aspectos positivos: aprendes a pasar de muchas cosas. Aprendes a dar importancia a lo que realmente la tiene y a quitársela a todo lo demás. Si te apetece mandar a alguien a la porra, lo haces sin medir tanto las palabras, nadie se molestará demasiado por eso. Tampoco hace falta que seas la más atractiva de la fiesta, ni siquiera la más elegante. Ya no te sientes obligada a demostrar nada a nadie. Finalmente puedes relajarte, dejarte llevar. Ya has hecho casi todo lo que debías hacer y puedes permitirte decir: «Lo siento, yo ya he cumplido, ahora os toca a vosotros». En resumidas cuentas, tampoco está tan mal.

En eso pensaba precisamente esta mañana mientras hacía la compra. Pensaba en cuánto han subido los melocotones y las ciruelas, y en lo mucho que se equivocaba la compañera que me dijo que no serviría para maestra.

Pensaba en lo diferente que habría sido mi vida si le hubiera hecho caso. Hay personas malignas, aunque no lo parezcan y sabelotodo deshonestos que te desalientan con la excusa de decirte las cosas como son o de echarte una mano, y todavía no se ha inventado la manera de evitarlas. Hay que tener los ojos bien abiertos, solo eso. Hay que permanecer alerta siempre, porque quien te quiere de verdad nunca te dirá que dejes correr algo sin antes haberlo intentado, quien te quiere de verdad nunca te dirá que has fracasado antes de empezar.

En todo eso pensaba esta mañana cuando, sin querer, he tirado unas veinte latas de atún a los pies de un desconocido. Por suerte era un chico amable. Me ha dicho: «No se preocupe, señora, ya lo recojo yo».

Iba con una chica. Le he sonreído, pero ella se ha dado la vuelta fingiendo que buscaba algo en una estantería, como si no quisiera que la viera. La ropa le quedaba muy ancha, o quizá es que estaba muy delgada. Los dedos de sus manos parecían ramitas a punto de quebrarse y no lograba quedarse quieta más de unos segundos. La melena le cubría el rostro y era imposible cruzar la mirada con ella.

Ha suscitado mi curiosidad, se parecía a alguien que conozco, pero no lograba recordar a quién.

Le he dado las gracias al chico y he vuelto a disculparme.

«No se preocupe, de verdad, sigo estando entero», me ha respondido, y se ha echado a reír. Una risa dulce, serena, que ha despertado mis simpatías.

Nos hemos despedido y él ha buscado con la mirada a la chica, que se había alejado unos metros.

«¡Livia! ¡Espérame!», y se ha encaminado hacia ella.

Livia. Livia. He repetido ese nombre varias veces para mis adentros.

¿Livia, la peluquera? No. ¿La chica de la limpieza que venía a casa hace algunos años? Tampoco. Livia, ¿una cantante, quizá?

Maldita memoria caprichosa.

Y justo cuando me ha tocado el turno en la cola de la panadería, he tenido una iluminación: Livia, mi alumna, la que escribía sin parar. Aquella niña espabilada a la que no se le escapaba nada. La niña soñadora que nunca se dejaba abatir por nada y por nadie.

¿Qué le había pasado? ¿Por qué tenía ese aspecto?

Cuando he ido a pagar, he visto a los chicos en la fila de la caja. Estaban cerca de mí, pero no podía oír lo que decían. Ella parecía ausente, casi contrariada. Iba tan maquillada que resultaba difícil percibir su expresión, el exceso de lápiz negro hacía que sus ojeras resaltaran. Llevaba el pelo recogido en una cola despeinada y tenía aspecto de no haber dormido desde hacía meses.

Él, en cambio, parecía enamorado. Me he preguntado por qué estaría con esa chica que no lo rozaba ni por casualidad. Quizá una parte de ella se había conservado intacta, aunque la ocultaba muy bien, y él la había entrevisto, ¿cómo reprochárselo?

Ahora me acuerdo muy bien: Livia te arrastraba con sus historias mágicas, te las regalaba sin pedir nada a cambio. No coordinaba bien sus movimientos, pero le daba igual, y en las representaciones y las fiestas de carnaval bailaba hasta caer exhausta.

¿Quién apagó tu música, Livia? ¿Tu madre? ¿Tu padre? ¿O fuiste tú?

Me habría gustado saludarla, decirle una de esas cosas sabias, inteligentes y completamente inútiles que se suelen decir cuando encuentras a alguien después de muchos años y de repente caes en la cuenta de que lo has perdido. Habría querido remediarlo, intentar acortar la distancia, pero no he sido capaz.

Habría sido suficiente con un «Hola», un «Hola» habría sido mejor que nada.

Francesca
la amiga del chat de Livia

Son las doce y media y, para variar, no logro conciliar el sueño.

Me preparo una infusión y mientras espero que el agua rompa a hervir enciendo el ordenador. Hace unos meses, casi en broma, una compañera de trabajo me dijo: «¿Por qué no te apuntas a un chat? ¡A lo mejor conoces a alguien interesante! A mi hermana le pasó». Y cuando volví a casa, más motivada por la curiosidad que por la esperanza de encontrar un alma gemela, decidí seguir su consejo.

Desde entonces se ha convertido en una cita fija: cada noche, después de ducharme, me conecto a internet y me invento una nueva identidad. He sido una chica muy joven, casi adolescente, una mujer defraudada por su marido, una señora anciana en busca de compañía. He sido Monica, Ilaria y Gemma, pero nunca Francesca. No, Francesca nunca.

Esta noche soy Gabriele.

Repaso la lista de los usuarios en línea: Fiorellino, Peschina78, Ildrago, Gattopardo.

Estoy a punto de abandonar la idea de contactar a alguien cuando de repente, en la parte inferior izquierda de la pantalla, se abre la ventana de conversación con una cierta «Liviaeffe».

> Liviaeffe: Hola, Gabriele, ¿te apetece hablar conmigo?

Quizá debería dejarlo.

Quiero decir que es ridículo: no soy una chiquilla que se divierte contando bolas, y mucho menos un hombre. No debería tomar el pelo a la gente de esta manera, pienso, pero algo me empuja a responder.

> Gabriele: ¡Claro que sí! ¿Desde dónde escribes?

Al principio siempre se hacen las mismas preguntas y casi nadie dice la verdad.

> Liviaeffe: Desde el cuarto de estar de mi compañero. No tengo internet en casa, él sí, y sentía curiosidad por entrar en uno de estos chats de los que todo el mundo habla. ¿Y tú?

Por lo visto Liviaeffe no cuenta mentiras.

> Gabriele: Desde el cuarto de estar de mi casa. ¿No estás enamorada de tu compañero? ¿No deberías estar con él ahora?
> Liviaeffe: No lo sé. Hay días que sí. Pero puede que el amor

ni siquiera exista. Creo que me he dejado arrastrar por algo más grande que yo. Con él estoy tranquila, y besa bien, pero no sé si le quiero. Te advierto que no haré cibersexo contigo, ¿vale?

Liviaeffe es una chica sin pelos en la lengua, o eso parece.

Gabriele: No importa, no es lo que busco.
Liviaeffe: ¿Qué buscas?
Gabriele: A alguien realmente sincero, ¿y tú?
Liviaeffe: ¿Yo? No lo sé. No sé qué busco. No parecerme a mi madre y no ceder al cansancio. A veces no me apetece lavarme la cabeza, pero luego pienso en lo agradable que resulta codearse con personas que se cuidan, me espabilo y me ducho. Hubo una época en la que escribía. Escribía acerca de todo y todos porque al hacerlo el mundo se volvía un lugar más luminoso y justo. Después mi madre murió y dejé de escribir. Crecí y me convertí en la versión antipática de mí misma: encontré un trabajo estable y a un hombre bueno; encontré «la estabilidad» y perdí todo lo demás, pero las sobras (si así pueden llamarse), mis sobras, eran seguramente lo que debería haber conservado.
Perdona si escribo demasiado.
Gabriele: No te preocupes. Me gusta leer y siento lo de tu madre.

Mientras lo escribo, no logro evitar pensar en la mía, en mi madre, que vive a más de trescientos kilómetros de distan-

cia y que me llama todas las noches después de cenar para preguntarme las tres mismas cosas desde hace diez años: «¿Has comido?», «¿has cerrado bien la puerta?» y «¿estás sola?». Sí, mamá. Tengo cuarenta y dos años y soy una mujer sola. No sé si porque cuando era el momento justo conocí a la persona equivocada o porque la persona correcta apareció en el momento equivocado, no sé si fue culpa mía o del azar, del destino, no lo sé. Lo que sé es que te acostumbras a todo, pero no a la soledad. O mejor dicho: yo no logro acostumbrarme a ella. La soledad ha hecho de mí una persona libre, me ha enseñado lo que es la independencia y a saber disfrutar de las cosas pequeñas: el aroma de una vela encendida, la radio que de repente emite una canción que tenía ganas de escuchar, leer todo el domingo sin tener que dar explicaciones a nadie. La soledad me ha enseñado el coraje y la fuerza de voluntad, pero sobre todo me ha enseñado a mirar en mi interior, a aceptar mis defectos y a admitir que también poseo virtudes; la soledad me ha enseñado a amar, a querer. Alguien puede objetar: «A querer se aprende siendo dos», pero no siempre es cierto. Yo he aprendido el valor que tienen las personas así, con un sitio vacío a mi lado.

El problema es que ahora que sé lo que busco, y más que nada lo que puedo ofrecer, no me conformo con dárselo a cualquiera.

Liviaeffe: ¿Cuántos años tienes?
Gabriele: Cuarenta y dos. ¿Y tú?
Liviaeffe: Veintiocho.

Gabriele: ¿De qué tienes miedo?

Liviaeffe: De aburrirme y de enloquecer. De no saber nunca lo que se siente al ser feliz. Tengo miedo de despertarme una mañana y descubrir que lo mejor ya ha pasado sin que me haya dado cuenta. ¿Te gustaría expresar un deseo?

Gabriele: Es una pregunta fácil: me gustaría volver a casarme. Volver a dormir. Hace tiempo que no puedo. Me gustaría ir a la cama sin pensar en el tiempo que ha transcurrido y en el que me queda. Me gustaría dormir ocho horas seguidas. Estoy cansada. Muy cansada.

Me percato de los errores que he cometido demasiado tarde. Espero que no se dé cuenta, pero lo ha notado.

Liviaeffe: ¿Estás muy cansada? ¿Eres una mujer?

No tengo ganas de seguir mintiendo, más vale jugar con las cartas al descubierto.

Gabriele: Sí. Perdona si te he hecho creer lo contrario. Soy una mujer y mi verdadero nombre es Francesca. Vivo en Milán y soy secretaria en un consultorio médico. Recibo continuamente llamadas de gente que no tiene ningún interés en hablar conmigo. No tengo novio, marido, gato ni perro; ni siquiera un pez rojo. Tengo amigos, eso sí. Y ciclámenes en el alféizar de la ventana, pero a menudo me olvido de regarlos, creo que por eso han empezado a parecerse a mí: flojos, cansados, marchitos. Si me mandas a la porra, lo entenderé.

Liviaeffe: No lo haré. Yo finjo continuamente. Te hago solo una pregunta: ¿por qué lo has hecho? Pero esta vez dime la verdad.

Gabriele: Porque ser yo es aburrido, no te imaginas cuánto. Porque me gustaría tener a alguien a quien esperar, a quien cuidar. Porque hace años que bailo sola, y aunque se me da bien no puede compararse con la alegría de recibir una invitación, de bailar mirando a los ojos a una persona que quizá tiene tanto miedo como tú, o más. No puede compararse con la magia de ser elegida. Soy patética, lo sé. La típica soltera cuarentona obsesionada por el reloj biológico y por la soledad. Lo he hecho porque ya no me basto a mí misma, por eso me invento cosas nuevas, para colmar el vacío de mi vida.

Me quedo mirando la pantalla luminosa que tengo delante a la espera de una respuesta que tarda en llegar. Voy al baño, me lavo los dientes, me pongo el camisón y me cepillo el pelo. Vuelvo a mirar el ordenador, pero nada, ni siquiera un «Adiós» o un «Lo siento».

Aunque, bien mirado, ¿por qué debería sentirlo?

Enciendo el televisor y me tumbo en el sofá. Sorprendentemente, logro dormir cuatro horas seguidas. Me despierta el piar de los pájaros que cada mañana vienen a cantar al melocotonero de delante de casa. Parpadeo e intento dar un nombre o un rostro a mi dolor de estómago. Tengo la impresión de haber dejado algo pendiente, no sé qué. Miro a mi alrededor. Apago el televisor y me doy cuenta de que el ordenador sigue encendido. Ahora me acuerdo.

Me levanto de un brinco y voy a ver el chat. Hay un mensaje, es de hace una hora.

> Liviaeffe: Perdona. Alex (mi compañero) me ha llamado y he ido a ver qué quería. Hemos hecho el amor, si así puede definirse, y ahora me siento vacía.
> Cuando no sabes lo que quieres te conformas con todo, pero nada es suficiente, ¿te has fijado?
> Alex tiene el pelo rojizo y espeso, la voz segura. Llevamos juntos unos años y lo sé todo de él, mientras que él solo sabe de mí lo que le he permitido descubrir.
> Se sabe de memoria todas las canciones de Leonard Cohen y de Bob Dylan. Las canta cuando se ducha o cuando cocina. Es humilde y amable, nunca levanta la voz, es generoso y coherente.
> Sabe reírse de sí mismo y no es quisquilloso, sabe preparar al menos unas diez tartas diferentes y su mirada es sincera. Sin embargo, hay algo que me bloquea. Siempre hay algo que me bloquea.
> Me imagino que el problema real es que no sé querer o no soy capaz de permitirme el lujo de hacerlo. De todos modos, el resultado es el mismo.
> El resultado es que me dejo tocar de mala gana con la esperanza de sentir una emoción, quizá adormecida, quizá inexistente, que no llega nunca. El resultado es que me dejo arrastrar por los acontecimientos y las situaciones sin reaccionar, como si cada gesto mío fuera inútil y las pequeñas revoluciones cotidianas no fueran conmigo.

Las noches en que me siento más inquieta, limpio hasta que me duelen las manos: barro, friego el suelo, quito el polvo de los rincones más remotos de la casa y desinfecto todas las superficies hasta que empiezo a sentirme mejor, hasta que me doy cuenta de que nunca será perfecto, que en casa siempre habrá alguna mota de polvo y que no tengo más remedio que aceptarlo.

La verdad es que te envidio: tú crees en la importancia de algo, tienes esperanza. No eres patética: estás viva. Eres hermosa como el desorden al que yo no puedo acostumbrarme.

Gracias por haberme abierto tu corazón.

Te deseo que encuentres el amor, pero sobre todo te deseo que encuentres lo que te haga feliz.

Me apresuro a mirar el estado de Liviaeffe, pero su nombre ha desparecido de la lista. Debe de haber abandonado el chat después de haberme respondido.

Me preparo un café y me siento extrañamente aliviada. Mientras espero a que esté listo, subo las persianas de la cocina y miro el exterior desde la ventana. Aunque todavía es muy pronto, la luz presagia que hará buen día, pienso que podría pintarme los labios o ponerme la chaqueta que no llevo nunca porque me parece que es demasiado elegante. ¿Demasiado elegante para quién, al fin y al cabo?

Esbozo una sonrisa y me siento como cuando de pequeña alguien me decía «Creo en ti». Todavía me sorprende la fuerza que pueden desprender dos soledades que se encuentran, todavía me maravilla la idea de que unas pocas palabras puedan cambiar, aunque sea un poco, el curso de los acontecimientos. Tienes razón, Liviaeffe, y te diré más: esta vez no tengo miedo. Esta vez cambiaré de rumbo adrede y si tengo suerte quizá logre perderme, quién sabe.

Paolo
el amigo librero de Livia

Hace una semana que no tengo noticias de Livia. Desde la muerte de su madre es imposible dar con ella: su móvil está casi siempre apagado y cuando da la señal salta el contestador automático con el aséptico «En este momento no puedo atenderte. Prueba más tarde».

Y sigo probando.

En cuanto puedo voy a verla al bar donde trabaja, me siento en la barra y la observo mientras prepara capuchinos sin parar, la miro mientras habla con la gente y finge que todo va bien. Cada vez, al salir, la acompaño a su casa con la esperanza de que me diga lo que siente realmente, y todas las veces, antes de bajar, me repite que deje de preocuparme por ella.

«Va todo bien, Paolì», dice intentando tranquilizarme, pero yo no la creo. La conozco, reconozco esa mirada, tan parecida a la mía de hace unos años, la mirada de quien ha decidido rendirse, abandonar.

Preferiría que estuviera enfadada, incluso deshecha. Preferiría que se encerrara en el baño a llorar, que corriera indiferente bajo la lluvia o que bebiera vino consciente de que un par de copas no son suficientes para sentirse más ligera. Preferiría que le costara salir adelante, que respondiera con desprecio a quien le tiende la mano y le pide que pruebe a ponerse de pie. Significaría que todavía existe, en algún lugar. Querría decir que todavía reacciona.

Sin embargo, ¿dónde está ahora? Ahora que una editorial está interesada en publicar su libro y que por fin su sueño podría convertirse en realidad.

Mi amiga Laura Silvestri, la editora a quien hace unos meses le envié la historia de Livia, me ha llamado esta mañana para decirme que lleva semanas intentando ponerse en contacto con ella. «¿Por qué?», me ha preguntado.

Eso, ¿por qué? ¿Por qué se esconde? ¿Cree realmente que a los que son como ella no pueden pasarles cosas buenas?

Me temo que sí. Me temo que este silencio significa que Livia prefiere cerrar los ojos a mirar un cielo lleno de estrellas para no correr el riesgo de recordar quién era, quién es.

Después de colgar el teléfono he sentido el impulso de ir a verla y montarle un número delante de los clientes.

He pensado: «Ahora voy y le canto las cuarenta. ¿Cómo se atreve a tirar por la borda nuestro trabajo? ¿Cómo se atreve a renunciar a todo precisamente ahora que necesita creer en algo?», pero al final me he puesto el chándal y he salido a correr.

¿Qué derecho tengo a indignarme con ella cuando me he

pasado la vida mirando hacia otro lado? ¿Cómo puedo enseñarle algo que he aprendido hace muy poco?

Quisiera contarle que desde hace un tiempo ya no tengo miedo de salir de casa los días festivos sin ir de la mano de alguien y que ya no me asalta el ansia de colmar mis vacíos a toda costa. Al fin y al cabo, no hay que avergonzarse de corregir los errores que hemos cometido: los errores son como ventanas por donde entra el aire fresco, son como páginas blancas que ofrecen la oportunidad de volver a empezar una y otra vez. Me gustaría decirle que ya no me interesa que me quieran a la fuerza, que no tengo intención de esforzarme para hacer que funcione algo que obviamente no puede funcionar. Quisiera decirle lo inútil que puede llegar a ser concentrarse en la miseria en vez de aferrarse a lo bueno que tenemos, perseguir a quien huye en vez de abrazar más fuerte a quien permanece a tu lado.

Quisiera ayudarla, pero no puedo. Lo único que puedo hacer es esperarla, como se esperan las cosas hermosas, las puestas de sol y los amores que no han tenido el valor de existir.

Cuando me doy cuenta de que estoy agotado, le mando un mensaje al móvil, el único posible: «¿Cuándo vuelves? Porque vas a volver, ¿verdad?».

Lorenzo
un antiguo compañero de Livia

La mujer que camina delante de mí en dirección a la estación es Livia. Estoy seguro.

Ha adelgazado mucho, pero reconocería su andar desgarbado entre cientos de personas. Mira a su alrededor como si todo el mundo la observara, como si hubiera en ella algo equivocado visible también desde fuera.

De la radio de un bar llega una canción española de esas que están de moda tres meses y que luego se olvidan. Livia se detiene unos instantes, como si fuera a bailar.

Me gustaría que lo hiciera, que improvisara un baile justo aquí, en medio de esta calle contaminada y atestada de gente que va y viene siguiendo un minucioso plan de recados que hacer. Quizá todo el mundo se detendría y mandaría a la porra los planes, quién sabe.

Echa a correr y yo la imito. No puedo perder el tren, llegaría a la cita con retraso.

Mientras corro me maldigo por todas las veces que he desaprovechado los días de sol para entrenarme. Empiezo a sudar y me desabrocho la americana de pana marrón. Debí tirarla hace años, pero le tengo cariño.

Vía 14, tren con destino a Roma.

¿También ella se está dirigiendo hacia allí? Puede que haga una escapada de un par de días, que quiera estar sola. Quizá va a ver a una amiga. Quién sabe.

Cuando me inscribí en Facebook, ella fue la primera persona a quien busqué. Algunos buscaban a antiguas novias, viejas pasiones, pero yo la busqué a ella: mi melancolía. Desde entonces no he dejado de mirar su perfil, de leer lo que escribe, y tras la muerte de su madre a menudo he pensado en ir a verla. Durante estos años su recuerdo me ha hecho compañía, me ha consolado, y, sin embargo, no me he atrevido a llamar a su puerta.

Ya no estoy enamorado de ella, es obvio, pero no logro dejarla atrás.

En su vida hay un hombre de mirada clara, pero estoy seguro de que no es feliz. Lo deduzco de la expresión que tiene en las fotos que su compañero comparte. No hay alegría en su mirada, ni siquiera cuando ríe.

La última vez que tomé un café con Bianca me contó que seguramente Livia se casaría al cabo de poco. Muchos se casan precisamente cuando menos se aman, es cierto, pero a ella no la creía capaz de hacerlo. Hasta yo he tenido que aceptar el hecho de que no todo se sostiene gracias a la verdad, y que también las mentiras son necesarias. En algunas ocasiones solo podemos fingir que seguimos siendo los de siempre, aunque no seamos ni una sombra de los que fuimos.

Pero Livia era diferente, ella creía en el amor.

¿Es posible que haya cambiado tanto?

La veo subir al vagón número dos y miro mi billete: vagón número 6, asiento 15B.

Por una vez me salto las normas y la sigo, esperando encontrar un asiento libre cerca de ella. El de al lado está ocupado por un chico de mirada ausente, pero el de delante está libre. Me siento en él confiando en que nadie me reclame el asiento.

El sueño que tuve anoche atraviesa mi mente como un flash: había un prado que recordaba el mar, parecía no tener fin, y yo corría por él sin sentir cansancio. Corría y estaba contento.

A veces me pregunto si alguien, en algún lugar, está viviendo la vida que me corresponde. Espero que haya algo más que esto, algo más que mi trabajo de oficinista y esas noches de sábado que transcurren con lentitud y que tanto se parecen unas a otras.

Finalmente me armo de valor y levanto la mirada.

Livia no me ha reconocido: hace más de diez años que no nos vemos, y si bien ella, a pesar de las ojeras y el exceso de maquillaje, sigue siendo la chica de mis recuerdos más entrañables, no se puede decir lo mismo de mí. He adelgazado treinta kilos, me he rapado los rizos y he dejado de tartamudear. Pero la sensación de fracaso no me ha abandonado.

Coloco la mochila en el portaequipajes fingiendo una tranquilidad que no poseo y pienso cuánto tiempo puede pasar sin que nada suceda, absolutamente nada, y de repente un buen día todo se revoluciona de tal manera que si te lo cuentan no te lo crees.

Pienso que mi revolución podría ser ella, ¿por qué no?

De golpe tengo la impresión de volver a ser demasiado corpulento y temo que si nuestras rodillas se rozaran yo podría estallar, por eso me siento con la espalda erguida y de vez en cuando contengo el aliento para no molestarla.

La voz robótica de los altavoces nos avisa de que el tren saldrá con veinticinco minutos de retraso. En otra ocasión habría soltado un taco, pero esta vez no. Esta vez no me importa en absoluto.

Livia levanta los ojos al cielo y dice: «¡Para variar!», pero no está enfadada ni nerviosa.

Me sonríe con aire interrogativo y parece que quiera decirme algo, pero enseguida posa la vista en el libro y opta por callar.

A nuestro lado hay una señora con su hija y un señor de aspecto austero que lee el periódico. La niña está nerviosa, llora sin motivo y Livia la mira con comprensión. Quizá de vez en cuando a ella le ocurre lo mismo, tal vez no saber lo que quiere la atormenta. Observarla me vuelve vulnerable, como si mi castillo de arena pudiera derrumbarse de un momento a otro solo porque está sentada delante de mí, como si mi coraza pudiera desmoronarse en un instante al mirarla a la cara. Me siento como un idiota, pero inmediatamente encuentro una justificación: la insatisfacción nos empuja a aferrarnos incluso a lo que no existe. Suena mi móvil, pero no me apetece responder. Es Beatrice, mi novia.

Beatrice es rubia, tiene el pelo cortísimo y los labios carnosos. Cuando me besa se pone de puntillas y anda loca por las series de televisión. Para ella todos los problemas tienen solución y siempre tiene una sonrisa para todos. Está obsesionada con los juegos de rol y cuando hacemos el amor siempre me mira a los ojos. Hace siete años que nos conocimos y creo que es la chica apropiada para mí: es práctica y sincera, ordenada y directa.

Sin duda no tiene la culpa de que al mirar a Livia me dé cuenta de que podría dejarlo todo por ella: el trabajo, las personas a las que quiero, mi ciudad. Todo, como debí hacer entonces, cuando teníamos dieciséis años y no teníamos nada que perder y todo por ganar, pero teníamos miedo.

Saco de la mochila el libro que compré hace unas semanas, espero que haya oído hablar de él, que me pregunte si vale la pena, como opina todo el mundo; sin embargo, no dice nada.

Intento leer, pero todas esas palabras, alineadas unas tras otras, me parecen carentes de sentido, una imperdonable pérdida de tiempo. Y el tiempo, en este tren, es lo único que realmente me falta. Acaba de salir y dentro de una hora y media llegaremos a nuestro destino. ¿Una hora y media puede ser suficiente para enamorarse? ¿Para volver a enamorarse? ¿O tiene razón quien sostiene que para quererse de verdad se necesitan años? Pero, sobre todo, ¿se puede construir la propia felicidad sobre la infelicidad de otro? No quiero pensar en eso. Lo único que quiero es que me mire a los ojos, capturar su atención por una fracción de segundo.

Tengo la sensación de que después todo iría como la seda, me reconocería, caería en la cuenta de que es a mí a quien busca.

¿Cómo reprocharle que todavía no lo haya comprendido? A veces no sabemos qué necesitamos hasta que lo tenemos delante de las narices.

Quisiera cogerle la mano y decirle: «Mírame, soy yo. Soy yo. No pienses en lo que dejamos atrás. Mírame, soy yo y por fin estoy aquí».

Sin embargo, me callo y miro por la ventanilla, ofreciéndole mi mejor perfil. Espero que se dé cuenta, cada poro de mi piel lo desea.

Mientras tanto la niña ha dejado de llorar y ha empezado a hacer preguntas a su madre: «¿A qué hora llegaremos?» «¿Allí donde vamos hace sol?» «¿Qué está leyendo esa señora?», y esa señora, por mucho que le pese, es precisamente Livia, que encaja el golpe con una sonrisita forzada.

La madre acaricia la cabeza a la niña y le dice que esté tranquila, que llegaremos pronto y hará sol.

Con un gesto le dice que baje la voz, porque en los trenes no se puede molestar a los demás pasajeros. El señor del periódico ha cerrado los ojos; aunque parece dormido conserva su expresión dura y severa.

Ahora Livia me mira fijamente, como si mis pensamientos fueran un imán para los suyos. Sin ni siquiera darme cuenta me giro hacia ella. Nuestras miradas se cruzan por un instante que parece una vida entera; inesperadamente el primero que aparta la vista soy yo.

Me dan ganas de dar puñetazos contra la ventanilla: no soy libre. No puedo comportarme así. Ya no puedo jugar. ¿O quizá sí?

La miro de nuevo, pero parece que ella ya se ha rendido. Se ha rendido como yo. Y, mientras tanto, ha empezado a llover.

La niña llora otra vez. «¡Me has dicho que donde íbamos hacía sol!»

Tiembla de pies a cabeza, seguramente la lluvia y las tormentas le dan miedo.

Las promesas no cumplidas son una crueldad que debería ahorrarse a los menores de diez años.

Mi móvil vuelve a sonar, como si Beatrice hubiera advertido el peligro a pesar de la distancia y no quisiera dejarme libre. Me acuerdo de cuando le dije que nadie ocuparía su lugar; ahora, en cambio, creo que cualquiera sería mejor que ella para mi corazón. Bailábamos a oscuras y nos pisábamos los pies, puntuábamos las películas y casi nunca nos poníamos de acuerdo, pero daba igual. Después, en algún momento, todo empezó a importarme: el ruido que hace cuando duerme, cuando come, el rumor de sus pasos cuando vuelve a casa y yo preferiría que no volviera. Preferiría que me dijera que ha conocido a otro y que lo nuestro se ha acabado. Preferiría no tener que cargar con la responsabilidad de este adiós porque me he dado cuenta de que no tengo el valor que tenía hace unos años; solo podría salir adelante, sí, pero en el fondo, ¿por qué debería hacerlo?

En el fondo nos hemos querido, durante un tiempo

nos quisimos mucho, ¿tenemos la certeza de que eso sea suficiente?

Livia se ha puesto los auriculares y, con los ojos cerrados, canturrea en voz baja una canción que no logro reconocer. Lleva el pelo recogido en una cola despeinada y mueve los labios lentamente.

Quisiera tocarla al menos una vez.

Faltan cuarenta y cinco minutos para llegar a Roma. Me levanto para ir al servicio, con cuidado para no molestar. Me miro al espejo, pero no me veo bien. El espejo es opaco, no es sincero. Tengo los ojos cansados, pero abiertos de par en par, como si algo me asustara. ¿Livia? ¿Yo mismo? Me lavo las manos, me concentro en la respiración y en los latidos de mi corazón. Todo parece estar en orden. Creo que puedo.

Cuando vuelvo a mi asiento, Livia ha dejado de leer y mira por la ventanilla. En cuanto me ve de vuelta, como si me estuviera esperando, se aclara la voz y me pregunta: «Perdona, puede que me equivoque porque ha pasado mucho tiempo, pero ¿eres Lorenzo?».

Tenía razón, pienso. Al final me ha reconocido.

—Sí, soy Lorenzo. A mí también me parecía que te conocía, pero...

—Livia, grupo A. ¿Cuándo fue la última vez que nos vimos? ¿Hace doce años? ¿De verdad te acuerdas de mí?

De repente, las imágenes de un pasado que parece pertenecer a otra persona me embisten como una avalancha: una clase muy pequeña, dos amigas con el pelo perfectamente peinado que se hacen confidencias, un chico con sobrepeso que tiene miedo de hablar y que quizá solo necesita que lo quieran, como todos, y ella, todavía íntegra, todavía valiente.

—¡Claro que me acuerdo de ti!

—¡Has cambiado muchísimo!

—Sí, bueno, he adelgazado bastante y ya no tartamudeo. Ahora soy un chico guapo y seguro de mí mismo. —Mientras lo digo se me escapa la risa. ¿Qué he dicho?

Por suerte, también ella se echa a reír.

Hablamos de todo un poco, del pasado y del presente, y miento. No le digo que hay alguien, que me siento atrapado en un día a día que desde hace años parece repetirse hasta el infinito. Le digo que me va todo bien, sí, claro, de perlas, y ella hace lo mismo, pero su expresión la delata: por suerte todavía no ha aprendido a mentir.

El señor del periódico se ha despertado y ahora conversa con la niña sobre un juego al que jugaba de pequeño. Su expresión sombría ha dejado paso a una amplia sonrisa.

Falta poco, puede que unos veinte minutos.

Podría cometer una locura, pienso, podría pedirle el número de teléfono, preguntarle que hace esta noche, podríamos a ir a tomar algo y después quién sabe.

—Oye, y si...

Y justo cuando me armo de valor para preguntárselo empieza a sonar el móvil.

—¡Venga, responde! Llevas dos horas torturando a todo el vagón con esa cancioncilla —se burla Livia entre risas.

Le sonrío, aunque sé que la conversación lo echará todo a perder.

—¿Sí? —digo.

«¡Hola, cariño! Pero ¿dónde te habías metido? ¡Te habré llamado unas veinte veces! ¿No te habrás buscado una amante?»

—¡Qué tontería! ¡Tranquila!

Miro a Livia y noto que ha caído en la cuenta. Mi pequeño acto de rebelión de hace unos instantes ya se ha transformado en arrepentimiento, y en sus ojos ha aparecido una sombra parecida a la decepción.

—Sí, te veré pronto. De acuerdo.

Livia ha empezado a recoger sus cosas, pero, de los nervios, le tiemblan las manos. Le he mentido y puede que ella, al igual que yo, necesitara esta esperanza.

—Perdona, tenía que decirle que ya llegamos... —intento justificarme, como si respondiendo al maldito teléfono le hubiera hecho un feo.

—No pasa nada. ¡Has hecho muy bien! —Pone el móvil en el bolso y me mira como si no quisiera perderme, después me dice—: Ha sido un placer volver a verte. ¡Que tengas un buen fin de semana!

Se acerca para darme un beso en la mejilla y un instante después, sin que me dé cuenta, ya está delante de la puerta de salida más cercana.

Me quedo quieto, mirando fijamente el asiento vacío hasta que me doy cuenta de que no queda nadie.

Me levanto, camino lentamente entre la muchedumbre que va y viene, y por fin empiezo a respirar de nuevo.

El caos, la confusión. Encontrarse de repente en una estación y darse cuenta de que hay que darse prisa.

—¡Livia! Livia! —Empiezo a gritar su nombre en balde—. ¡Livia! ¡Livia! Livia, ¿dónde estás?

La gente me mira como si estuviera loco, pero su interés tiene límites, dura solo una fracción de segundo, el tiempo suficiente para apartar la vista y fingir que el sufrimiento de los demás no existe.

La busco entre personas todas iguales, pero no la veo.

—Livia...

Livia ya está en otro sitio, quién sabe dónde.

Alex
el compañero de Livia

Querida Livia:

Esta no es una carta de amor, o quizá sí.

Cuando nos conocimos me pediste que me mantuviera alejado, pero yo no te escuché. Debería haberlo hecho, vistos los resultados, pero no pude.

Una parte de ti, Livia, pedía que la salvaran.

No pude obviarla, fingir que no existía. Una parte de ti, aplastada por tu cinismo y tu frustración, quería aflorar y desbaratar tus planes. Intenté tomarla de la mano, ayudarla a no hundirse en tu melena rebelde, en tu rencor.

Lo intenté, nadie mejor que tú sabe que es cierto.

¿Cuántas veces me dijiste «no»? ¿Lo recuerdas? «Es mejor que no», «Salgo con otra persona», «No me interesa una relación estable», «No me llames más», me decías, pero luego había algo que te hacía superar tu reticencia, tus noches aviesas: necesitabas que te quisieran, y admitirlo era vergonzoso, para ti, una derrota.

Quizá por eso había tanta distancia entre lo que decías y lo que hacías: te distanciabas, pero yo sabía que solo había que esperar, que volverías. En efecto, siempre volvías, con una excusa poco convincente y con ese aroma que desprendes y que todavía hoy me trastorna.

Siempre volvías y nunca querías hablar. Querías caminar, cogerme de la mano, mirar el cielo en silencio. Una noche, al salir del cine, me contaste un sueño recurrente, ¿te acuerdas? En el sueño estabas con una niña que lloraba, gritaba y se retorcía de dolor, como si le hicieras daño por el simple hecho de estar a su lado.

En el sueño sabías que esa niña era tu hija. En algún momento llegaba alguien, una mujer sin rostro con las manos y el pelo impecables, que te decía: «Dámela, es mejor así», y tu no oponías resistencia. Permitías que se la llevara, y en cuanto se alejaban la niña se tranquilizaba y dejaba de llorar.

No sé por qué me acuerdo de ese sueño precisamente ahora. Quizá porque dice más de ti que mil palabras: tú eres así. Si puedes te escapas; si no puedes, haces lo mismo que las gaviotas cuando sopla el lebeche: te dejas llevar. Nunca te he visto luchar por nada, porque seguramente no hay nada en lo que crees de verdad, o quizá porque todo por lo que luchaste alguna vez quedó en nada.

Tú no existes. Yo te veo, puedo tocarte, respiro tu presencia, pero no estás ahí, y no puedo seguir enamorado de una idea.

Hace unas semanas decidí pedirte que te casaras conmigo. Ya había elegido el anillo, lo había preparado todo, pero ahora me doy cuenta de lo que debo hacer: tengo que marcharme, Livia.

Debo irme, Livia. Te escribo en vez de decírtelo porque si te mirara a los ojos vacilaría. Soy un cobarde y tú eres demasiado hermosa.

Sé que te enfadarás y no te culpo por ello: una carta dejada a traición sobre la cama la única vez que te tomas un fin de semana entero para ti, ahora que no estás, que no puedes defenderte, que no puedes retenerme.

Pero sé sincera, si puedes. ¿Lo harías? ¿Si estuvieras aquí intentarías retenerme? ¿Me pedirías que me quedara?

Te dejo mis llaves, mi sudadera de rayas (la que te pones para estar en casa cuando hace frío) y mi versión de lo que han sido estos años juntos, que seguramente no tendrá nada que ver con la tuya.

Te dejo mi estéreo rojo para que sigas escuchando la radio mientras te duchas. Te dejo mi lado de la cama, algunas palabrotas y el billete para el concierto al que íbamos a asistir juntos.

Te dejo la mejor parte de mí, la que no ha sido suficiente para que las cosas se arreglaran.

Te dejo.

Me han ofrecido un trabajo en Londres y he dicho: «Lo siento, pero no puedo, aquí es donde lo tengo todo».

Sin embargo, al volver a casa me he dado cuenta de que no era así. Me gustaba creerlo, me había hecho la ilusión de que no necesitaba nada más, de que era feliz, de que si finges que todo va bien acabas sintiéndote bien.

Nada más lejos de la realidad, Livia.

Me voy dentro de unos días y no sé cuándo volveré, si es que vuelvo. Me imagino tu cara en este momento. Me estarás mandando a la porra. Todavía te leo el pensamiento, ¿qué te crees?

Pensarás que soy un insensato, que el lugar en que vivimos solo es el marco de lo que somos, porque vayamos donde vayamos siempre acabamos haciendo las mismas cuatro o cinco cosas: respirar, caminar, comer, hacer el amor, hacernos la ilusión de haber encontrado una escapatoria.

Puede que tengas razón, pero necesito intentarlo.

Te dejo, y mientras lo hago ya me estoy arrepintiendo de haber pronunciado estas palabras que me alejan de ti.

Esto es un adiós, y ahora, por favor, no te rías, no te rías de mí, no te rías por rencor.

Llora si puedes.

Dicen que quedarse es más difícil que marcharse, pero no es cierto.

No sabes el valor que se necesita para dejarte justo ahora que querría cogerte de la mano.

Bianca
la mejor amiga de Livia

El día del funeral de su madre, Livia se puso un vestido de colores con tirantes que le dejaba los hombros al descubierto, y mientras el cura repetía las palabras, quizá inútiles, pero a la vez necesarias, que suelen decirse en esas ocasiones, empezó a canturrear una canción que casi nadie conocía, con lo que consiguió que en el pueblo se hablara de ella durante varias semanas.

«Me importa un bledo, Bianca. ¡Un bledo!» O al menos eso decía.

Desde entonces solo viste de oscuro. Volvió a vivir con su padre y encontró a un hombre bueno que la quería, o mejor dicho, fue él quien la encontró, a pesar de que ella no podía corresponderle. Por eso se ha ido.

Livia está prisionera, tiene los ojos vendados y las orejas tapadas; está momentáneamente ausente, momentáneamente alejada.

Livia espera un hijo y por eso estoy ahora en el tren camino de casa, para reunirme con ella.

Vivo en Roma desde hace tres años y todavía no me he acostumbrado a su tráfico infernal y a su irresistible encanto. Me mudé por motivos de trabajo, pero quizá es mentira. Cada uno reacciona ante el dolor como puede: Livia se quedó paralizada, yo escapé de él.

Creo que puedo definirme como una abogada de éxito y estoy bien, por fin estoy bien. Lo único que de vez en cuando me hace sufrir es la búsqueda extenuante de un poco de poesía, pero por suerte no tengo mucho tiempo libre para pensar en lo que me falta.

Mi madre no me llama casi nunca ni me pregunta cómo estoy, solo quiere controlarme. No ha digerido que me fuera y que viva aquí, lejos de ella, porque está convencida de que eso no es más que un pretexto para irme a la cama con todas las mujeres que se me antojan y no tener que soportar su reprobación y sus gritos.

Bueno, en efecto, ese era el plan al principio: cambiar de casa y de vida para sentirme más libre, pero la verdad es que también aquí oigo sus reproches y por las noches, antes de dormirme, veo cómo sus ojos, que la rabia ha convertido en dos hendiduras, me miran fijamente en la oscuridad. Percibo su decepción, aunque nos separen cientos de kilómetros y un mar de silencio, de palabras omitidas, pero no por eso menos dolorosas; percibo su frialdad y también su odio.

Por eso, a pesar de que ella siga en aquella casa demasiado grande, demasiado blanca y demasiado pulcra, y yo en un estudio donde reina el desorden con encantadoras vistas a un aparcamiento ilegal, mi vida todavía depende de su inexplicable falta de afecto. Sin hacer nada, por el mero hecho de existir y desear que yo fuera diferente, condiciona mis decisiones.

Miro por la pequeña ventana y veo dos pajarillos que parecen competir en velocidad con el tren. «Qué tontos», pienso, pero enseguida me doy cuenta de que soy tan tonta como ellos. ¿Cuántas veces he seguido luchando aun siendo consciente de que ya había perdido, de que no tenía ninguna esperanza?

Llega un momento en que hay que rendirse. Reconocer que ha llegado la hora de renunciar es casi tan importante como encontrar las fuerzas para no echarlo todo a perder al primer obstáculo: deponer las armas y confiar en el viento es otra manera de superar los propios límites.

Veo a los pajarillos cambiar bruscamente de dirección y echar a volar juntos hacia los campos. Al instante, el rumor del tren se convierte para ellos en un eco lejano.

Cierro los ojos un momento y rememoro la llamada de Livia de esta mañana.

En cuanto he oído su voz me he percatado de que algo pasaba.

—Bianca, ha ocurrido una cosa.

Parecía alterada.

—¿Qué ha pasado? ¿Por qué hablas tan bajo?

—Porque no quiero que mi padre me oiga.

—¡Me estás preocupando!

—¡Mierda!

—¡Livia!

—Bianca, estoy embarazada.

Me siento como si el mundo me hubiera caído encima: lo entiendo, por supuesto, pero creo que nunca sabré lo que se siente.

—¿Estás segura?

—Me he hecho cinco veces la prueba y todas han dado el mismo resultado: positivo. Alex me ha dejado y yo estoy embarazada.

—¿Le has llamado?

—Claro que no. Ha hecho bien en marcharse, Bianca. Estaba echando a perder su vida y ahora que ha decidido salvarse no puedo arrastrarlo de nuevo a mi mierda.

—Livia, por favor, no digas eso: un hijo no es una mierda.

—No, tienes razón. Soy yo una mierda. Ser madre es lo último que deseaba. No tengo amor para dar, no tengo nada. Trabajo casi diez horas al día y no me quejo. No sé cuidar de los demás y no quiero que nadie dependa de mí. Siento que podría matar a este niño, que conmigo podría morir, por eso es mejor que me deshaga de él enseguida, antes de que tenga brazos y piernas, y la facultad de despreciarme.

—Voy a verte. Cojo el primer tren y voy a verte.

—No importa...

—Claro que importa. Siempre dices lo mismo. Siempre dices «No importa», pero no es verdad. Hay cosas que importan, faltaría más, cosas que cuentan, y por más que finjas que no significan nada, en realidad significan casi todo.

—No intentes darme lecciones de vida precisamente ahora.

—Y tú no me hagas cabrear. —Mi réplica ha sido tan absurda y fuera de lugar que nos hemos echado a reír—. Perdona, Livia.

—No, perdóname tú. Estoy contenta de que vengas. Te necesito.

Al bajar del tren, el sol me ha deslumbrado, de repente he comprendido que debía hacer algo que no podía seguir aplazando.

He ido a casa, he entrado de puntillas como si fuera una ladrona o una visita ingrata, pero mi madre obviamente me ha oído: nunca se le pasa nada por alto.

—¿Quién es?

—Soy yo, Bianca.

Hacía un año que no la veía y cuando la he tenido delante casi me ha dado miedo. Parecía más pequeña, como si algo la consumiera por dentro y le robara toda la energía. Quería decirle que ya no la complacería, que los tiempos en que mandaba sobre mí se habían acabado, que no podía seguir fingiendo ser quien no soy para agradarle, pero no he podido. Al mirarla, con su vestido de flores, impecablemente planchado, y el pelo perfecto a pesar del bochorno insoportable, me ha dado pena: ser incapaz de querer debe de ser una condena muy cruel.

Me he preguntado si era realmente necesario herir sus sentimientos solo porque ella hirió los míos. Quería vomitarle encima toda la saña acumulada en los últimos años, toda la rabia; sin embargo, inesperadamente, la he abrazado.

Ella no me ha devuelto el abrazo, pero tampoco ha retrocedido.

«Ya es algo», he pensado.

Por un instante he sentido el impulso de abrazarla más fuerte, muy fuerte, para que por fin comprendiera cómo me he sentido durante todo este tiempo, pero no lo he hecho.

La he abrazado con suavidad, consciente de zanjar mis asuntos pendientes con el pasado.

Ella se ha quedado quieta entre mis brazos hasta que la he soltado. La he mirado a los ojos y le he dicho: «Lo siento», después he salido corriendo de aquellas cuatro paredes y de su corazón seco, sin darle la oportunidad de replicar.

De repente he sentido crecer en mí una energía incontenible. Por primera vez en la vida he pensado: «De ahora en adelante todo es posible. Todo».

He pasado por mi pastelería favorita y he comprado veinte lionesas de chocolate de aquellas que tanto gustan a Livia, para que se animara un poco.

Me he encaminado al pinar y allí he encontrado a mi amiga sentada en nuestro banco, el de delante del tiovivo, mirando fijamente a unos niños que se perseguían entre risas. Me he sentado a su lado, le he acariciado el hombro y he esperado a que empezara a hablar.

—Me apetece un poco de vino.

—Ahora no puedes beber.

—Pero me apetece.

—A mí también me apetece ir a las islas Maldivas, pero no puedo. En compensación, puedes comerte estas lionesas, ¡están riquísimas!

Se ha echado a reír.

—Pareces distinta, Bianca.

—A lo mejor he cambiado.

No le he comentado nada sobre lo de mi madre porque este era su momento, no el mío. He cogido una margarita y se la he puesto detrás de la oreja como solía hacer cuando éramos pequeñas. Después le he hecho una pregunta:

—Livia, ¿te has fijado en cómo cambian las cosas a nuestro alrededor y en nuestro interior, aunque no queramos, aunque nos resistamos?

—No...

—Mientras venía en el tren, pensaba que casi siempre nos enamoramos cuando hemos aprendido a estar bien incluso solos, y nos maldecimos por eso. Nos quedamos solos cuando necesitamos a alguien a nuestro lado y la soledad nos coge siempre desprevenidos. Estamos convencidos de que no necesitamos nada ni a nadie, y, un buen día, por casualidad, nos cruzamos con una mirada y nos damos cuenta de que no es así. Nos convencemos de haber llegado a alguna parte y después nos damos cuenta de que todavía nos queda mucho camino por recorrer. A veces creemos que no podremos aceptar otro cambio, volver a cambiar de planes, y nos cabreamos. Dios, cómo nos cabreamos. Incluso por tonterías, por el tiempo que cambia repentinamente. ¿Te acuerdas de aquella vez que íbamos a una fiesta en la playa, empezó a llover a cántaros y tuvimos que quedarnos en el pueblo?

—Claro que me acuerdo. Estuviste de morros más de una hora porque habías quedado con una que te gustaba.

—Sí, pero ¿te acuerdas de lo que pasó después? Salimos bajo la lluvia y bebimos un vino tinto que estaba de muerte. ¿Te acuerdas de que conocimos a unos ingleses que no querían saber nada de irse a dormir? ¿Y del chiste sucio que contó el camarero? ¿Te acuerdas de que cantamos tumbadas sobre la hierba mojada durante más de una hora como si nadie pudiera oírnos?

—Fue una de las mejores noches de mi vida.

—¿Lo ves? ¿Te lo esperabas?

—No, pero...

—¿Te esperabas quedarte embarazada?

—Por supuesto que no.

—Yo siento que podría hacerte feliz.

Esa esperanza se ha quedado flotando sobre nuestras cabezas durante unos instantes hasta que, cuando el cielo se teñía de azul oscuro y las luces de las casas que rodean el parque empezaban a encenderse, ha alcanzado las estrellas.

—Tengo miedo, Bianca.

—Yo también, Livia, yo también. La verdad es que estamos todos muertos de miedo. Para eso se han inventado los amigos, por eso estoy aquí contigo: si quieres, podemos pasar miedo juntas.

Ilaria
la compañera de habitación de Livia

La mujer sentada en la cama de al lado mira por la ventana, parece impasible, inamovible, ni siquiera las ráfagas de viento que hacen temblar los cristales de las ventanas del hospital la rozarían, si saliera a la calle.

Esta mujer no mira a su hija cuando la coge en brazos. La sujeta, la aprieta, como si su tarea consistiera en no dejarla caer, en no dejar que desaparezca, como si solo pudiera hacer eso y nada más, como si no pudiera quererla.

No sé cuántos años debe de tener, pero, quién sabe por qué, se ha olvidado de sonreír. Ha venido poca gente a visitarla, como si su parto fuera un secreto bien guardado o cobardemente ocultado. Su padre, un hombre menudo con bigote y la expresión orgullosa, y una amiga algo ruidosa que en cuanto ha visto a la niña le ha dicho: «Livia, lo siento, pero es más guapa que tú. ¡Resígnate!», después ha estallado en carcajadas y la ha abrazado. Pero ella no se ha movido.

En la habitación también estamos mi hijo y yo. Me resulta

extraño llamarlo así al cabo de tantos años de espera. Tengo la impresión de verlo todo por primera vez, ahora que él está conmigo, ahora que no volveré a estar sola, ahora que tengo que prestar atención al mundo porque el mundo es el lugar donde viviremos juntos.

Yo nunca había creído en el amor a primera vista hasta que vi sus ojos líquidos de un color indefinido; sé que no tiene conciencia de sus gestos, que aunque me mire no me ve, pero como todos los enamorados primerizos me dejo acunar por los deseos y las ilusiones. La realidad, tal como la había imaginado hasta ayer, ya no existe. Las ramas de los árboles parecen brazos extendidos luchando por conquistar una porción de cielo, y cuando me asomo a la ventana y observo los parterres del aparcamiento tengo la impresión de que la hierba está bailando un vals con el viento.

He perdonado al instante a todos los que han herido mis sentimientos, a todos los que no han podido permanecer a mi lado, o que, sencillamente, no han querido hacerlo.

De repente, todo me parece posible. Alguien me dijo: «Necesitarás un tiempo para quererlo», pero no es así, no he necesitado ni un segundo. Ya lo quería, lo quería antes de que existiera, antes de verlo, incluso antes de sentirlo. Estoy aterrorizada, me siento vulnerable como nunca hasta ahora, pero también invencible. No sé qué haré, pero sé que de un modo u otro saldré adelante. Saldremos adelante. Confiaremos en el instinto, y también en la experiencia. Unas veces nos dejaremos en paz y otras nos mantendremos estrechamente unidos.

Puede que le gusten los libros de fantasía y el ajedrez. Quizá con el paso del tiempo descubro que tiene el pelo como su padre, rubio y encrespado. O tal vez se parezca a mí.

Me gustaría contarle estas cosas a mi compañera de habitación, que a menudo cierra los ojos como si estuviera cansada de no encontrar un atisbo de serenidad en ninguna parte, en ningún rostro, en ningún momento. Me gustaría decirle: «Tienes una esperanza», pero sospecho que tomaría mi voz como un sonido distorsionado procedente de un lugar inexplorado, sospecho que no me creería.

Ahora, por ejemplo, la niña llora en la cuna colocada al lado de su cama. Seguramente tiene hambre, o quizá solo necesita un abrazo, pero es como si Livia no la oyera. Hojea distraídamente una revista de moda y balancea los pies como si escuchara una canción. Está a una distancia sideral de ese cuerpecito indefenso, de estas sábanas que huelen todas igual, de la realidad. Su hija llora y Livia hace como si nada, como si no pudiera cargar con el sufrimiento de otro ser humano y esas lágrimas no tuvieran nada que ver con ella.

La niña debe de ser fruto de un error, pienso, e inmediatamente me arrepiento de haberla juzgado sin saber nada de ella.

Acabo de dar de mamar a Filippo, lo pongo en la cuna y me armo de valor. Desde que nos presentamos he estado esperando el momento para hablar con ella.

Me acerco y le pregunto en voz baja:

—¿Puedo? —Me siento sobre su cama procurando no invadir su espacio—. ¿Qué estás leyendo?

—Un artículo sobre la moda de este invierno. El azul y el rosa palo se verán por todas partes.

Esbozo una sonrisa.

—¿Estás bien? ¿Cómo te encuentras?

—Perfectamente. Mañana vuelvo a casa. Por fin. ¿Y tú?

«Vuelvo», dice, como si estuviera sola.

—Estoy bien. Filippo también. Supongo que de ahora en adelante nos espera una buena, ¿verdad? ¿Y Camilla?

—¿Qué pasa con Camilla?

—¿Por qué llora? —pregunto sin poder aguantarme. Parece sinceramente sorprendida, como si acabara de despertarse de un largo sueño. Es como si no la hubiera oído, aunque me cuesta comprenderlo—. Podrías probar a cogerla en brazos. Tal vez...

—No.

Un no rotundo y rabioso que me descoloca.

—¿Por qué no?

De repente tengo miedo de oír la verdad, su verdad. Todos tenemos una verdad que no siempre coincide con la realidad, es más, la mayoría de las veces es una idea absurda, pero no por eso menos dolorosa.

—Le haré daño.

En parte la entiendo, pero no del todo. Yo tengo dudas, ella convicciones.

—Pero te necesita. Solo te tiene a ti.

—Lo siento mucho, porque no tengo nada que ofrecerle.

Alex
el ex de Livia

Hacía tres años que no tenía noticias de Livia, pero hace unos días recibí un correo electrónico de ella.

Apagué la luz, como si la oscuridad pudiera protegerme de sus palabras (fueran las que fuesen, sabía que debería defenderme) y me senté en el sofá. La luz de la pantalla temblaba como mis certezas.

Empecé a leer.

Asunto: Perdóname.

Hola, Alex:
¿Cómo estás? ¿Sigues siendo el mismo? Espero que sí.
Estoy sentada en la cama y en la habitación contigua hay una niña. Se llama Camilla y nunca llora. Es pelirroja y tiene las pestañas largas. Hace poco que ha aprendido a pronunciar perfectamente la palabra «paraguas» (últimamente ha llovido mucho) y la palabra «florecita» (así la llama su abuelo). Ahora está dur-

miendo. Le gustan mucho los albaricoques y los plátanos, no soporta los tomates y la nata la vuelve loca. Tiene una cicatriz en la rodilla izquierda por culpa de una mala caída de la sillita y le da miedo el agua. Este verano la llevamos unos días a la playa. Construyó montones de castillos de arena y se hizo amiga de todos los niños, pero no quiso poner un pie en el agua.

Tiene una caja llena de muñecos y cada noche, antes de irse a la cama, les da un beso. Después nos besa a mi padre y a mí. Me cuesta entenderla, pero él conversa con ella como si fuera su mejor amiga.

La primera vez que vio una luciérnaga pasó dos horas riéndose. «¡Es magia, mami!». Sí, es magia. Está bien que lo piense, que crea en las cosas mágicas, ¿no?

Yo sigo siendo la misma de siempre, Alex.

Quizá esperabas que te dijera que había cambiado, al cabo de tanto tiempo, pero la verdad es que sigo siendo la Livia de siempre. Me he cortado el pelo y ya no puedo recogérmelo, pero eso no me ha convertido en una mujer distinta. Soy dueña del bar en el que trabajo y tengo muy poco tiempo libre. Hay mañanas en que me siento tan distante de las personas que entran y salen, que se ríen y bromean, que tengo que comprobar si mi corazón sigue latiendo, si todavía estoy viva.

Sigo siendo pulcra y maniática, todavía escucho música bailable cuando estoy cabreada y sigo sin tener pareja.

Pero me da igual.

Camilla no se parece en nada a mí, por suerte: tiene la cara redonda y los ojos claros, la nariz minúscula salpicada de pecas, y no se rinde nunca.

Yo me rendí hace mucho tiempo, ni siquiera recuerdo cuándo. Y a estas alturas tampoco recuerdo por qué. Me rendí al aburrimiento de los días iguales, sin sorpresas, a trabajar en algo que no me gusta, a hacer cola para pagar las facturas, al tráfico en la calle por las mañanas. ¿Acaso no caemos todos en la misma trampa tarde o temprano? Quizá hubo un tiempo, ya remoto, en que estuve a punto de revolucionarlo todo, de ser feliz, pero pasó, como ha pasado mi infancia, como pasan los juegos y las canciones de moda del verano, pasó como todo pasa.

Estoy bien, Alex. No hay nada ni nadie que realmente necesite, así que nada ni nadie pueden herirme ni hacerme renacer. Soy como esas plantas que nunca mueren, que siguen brotando, pero que nunca florecen.

¿Qué es lo que quería decirte?

Quería decirte que cuando te fuiste descubrí que estaba embarazada. Soy una cabrona, pero eso ya lo sabes.

Quería decirte que la niña que duerme en la habitación de al lado se parece a ti: tiene tus facciones, tu expresión franca, tu piel delicada.

Quería decirte que la niña de la habitación de al lado es tu hija.

Cuando acabé de leer su mensaje, me sentí como si un desconocido me hubiera detenido por la calle, y, sin motivo aparente, hubiera empezado a insultarme, a darme puñetazos. «Por qué?», pensé.

No lograba comprender qué sentido tenía su largo silencio: ¿Quería ocultarme su existencia?, ¿simplemente temía molestarme?

Porque ella siempre ha sido así: quiere salir adelante con sus propias fuerzas, nunca pide ayuda a nadie. Pero ahora no se trata de cambiar una bombilla, Livia. Se trata de una niña, de un ser humano.

¿Por qué precisamente ahora?

«Perdóname», una mierda, Livia. ¿Cómo es posible que para ti nada tenga una brizna de valor?

En cuanto me convencí de que no era una broma ni una pesadilla, reservé un vuelo en el primer avión que encontré y aquí estoy.

He intentado llamarla, pero su número es inexistente, así que me he plantado directamente en su casa. Me ha abierto su padre. Cuando me ha visto ha palidecido, después me ha abrazado y me ha dicho: «Gracias por venir». Enseguida he comprendido que no sabía nada del correo electrónico y a su vez él ha comprendido que yo estaba al corriente de que tenía una hija. Le he preguntado dónde podía encontrar a Livia y me ha dicho que acababa de irse al parque con Camilla. Al pronunciar su nombre, su tono de voz se ha vuelto más contundente, más seguro.

Por eso estoy ahora aquí: por ella. En este lugar donde he crecido y nadie se limita a meterse en sus propios asuntos, donde solo hay un tobogán y te toca aprender el arte sutil de conformarte con una sola bajada o de esperar pacientemente a que vuelva a llegar tu turno.

Estoy aquí y no tengo valor para bajar del coche. Camilla corre de aquí para allá y de vez en cuando tropieza: la he reconocido porque es idéntica a mí. Una niña mayor que ella la ayuda a levantarse cada vez que se cae.

Livia está sentada en un banco con la mirada ausente. Parece una estatua, una estatua incompleta, guapísima a su manera, desgastada por el tiempo y por los sentimientos equivocados. Camilla y su amiga la llaman, quieren enseñarle algo, una flor quizá, pero ella no se levanta, no se mueve, así que prueban a cogerla cada una de una mano y fingen tirar de ella, como si tuvieran fuerza suficiente para levantarla.

Estoy consternado, Camilla, creo que a tu madre no le gustan las flores.

De repente me siento fuera de lugar, fuera del tiempo. De repente siento nostalgia de Londres, de mi nueva vida, de mi futuro.

Sé que lo correcto sería bajar de este coche y acercarme a ellas, dejar atrás el pasado, el rencor, lucir una amplia sonrisa y, por el bien de Camilla, hacer como si no hubiera pasado nada.

Pertenezco a la clase de personas que siempre hacen lo correcto, «un hombre bueno», como me definió Livia hablando con una amiga. La clase de personas que cumplen con su deber, aunque les pese. Pero esta vez no puedo. Miro por última vez a Camilla, pongo el motor en marcha y arranco.

«Volveré, te lo prometo, pero ahora no puedo quedarme.»

Camilla
la hija de Livia

Me falta el cromo 153 para acabar el álbum de los cantantes, echo de menos a mi amiga Simona, que se ha ido de vacaciones y no volverá hasta finales de agosto, y a Gianna, la maestra que siempre me dice que me siente bien, y que el año que viene ya no estará en nuestra escuela. Me faltan treinta y cuatro páginas para acabar el libro de Harry Potter, echo de menos bañarme en el mar y también a mi madre.

En realidad, mi madre está aquí, no ha ido a ninguna parte, solo a trabajar, vive conmigo y con el abuelo, pero la echo de menos de todas formas. La echo de menos tal como era en la foto que encontré en el cajón de su mesita de noche hace unas semanas, cuando buscaba dinero para comprar una camiseta. En esa foto, mamá lleva un vestido largo del color del mar que le sienta muy bien y parece un hada. En esa foto, mamá estaba en una fiesta, era muy joven y se reía, se reía mucho. Creo que se reía tanto porque era feliz.

Yo nunca la he visto así.

Estoy bastante segura de que me quiere porque el abuelo me lo repite a menudo: «Mamá te quiere mucho». Sí, estoy bastante segura de que me quiere aunque no le guste ir al cine conmigo y cada vez que intento preguntarle algo me responde que todavía soy pequeña para entenderlo.

Sé que soy pequeña, pero no tanto. Tengo nueve años y medio, mido un metro cuarenta y cinco, y el abuelo ya me ha dejado probar el vino tinto y el café, sé dónde se encuentra exactamente Italia en un mapamundi y ya he llorado por una desilusión amorosa.

Hay cosas que me dan miedo, es verdad, pero eso no significa nada: una vez leí en un libro que también los mayores se asustan a veces. Me dan miedo las personas que gritan y levantarme de noche para hacer pipí. También tengo miedo de perderme en el supermercado y me dan miedo los gatos. Me asustan las señoras con las uñas largas y rojas, no sé por qué, y la tristeza.

Quiero hacerle un regalo a mi mamá: una sonrisa. Por eso cuando el abuelo se va a su habitación para descansar una hora, cojo la bicicleta y vengo aquí a escondidas.

Cuando digo «aquí» me refiero al taller de Malvina, una modista con el pelo largo y blanco que nunca se quita las gafas de sol y que nunca dice «No lo sé» porque lo sabe todo.

Aquí es donde conocí a Giacomo, el nieto de Malvina, que tiene la misma edad que yo, pero que parece más pequeño. Está tan esquelético que cuando lo miras no entiendes cómo se aguanta de pie, y puede que por eso sus ojos parezcan aún más grandes. Son enormes, pero nunca mira a nadie a la cara.

Si he de ser sincera, Giacomino (así lo llama su abuela para hacerlo enfadar) y yo ya nos conocíamos. Vamos a la misma escuela, pero nunca habíamos intercambiado una sola palabra.

Nuestros compañeros se burlan de él porque tiene la pierna izquierda más corta que la derecha y cuando camina hace un movimiento divertido con el cuerpo, que parece una ola. Cuando lo ven pasar lo llaman «patituerto» o «cojo», pero él hace como si nada.

Aunque yo no me he reído de él, nunca me saluda. A lo mejor piensa que soy como los demás.

A decir verdad, ahora tampoco me ha saludado, en realidad. Solo abre la boca para hablar con su abuela y para decirme que me calle: «Camilla, tu voz es tan molesta como el ruido de un taladro cuando quieres dormir, ¿puedes callarte?».

Es gruñón y maleducado, pero cada vez que oye toser a Malvina corre a la trastienda para coger un vaso de agua, y cuando hay que regar las plantas de la entrada lo hace sin que su abuela tenga que pedírselo.

No lo soporto, pero me gusta.

Malvina y yo tenemos un pacto: ella confeccionará un vestido idéntico al que mi mamá lleva en la foto de cuando todavía se reía, y yo (que no tengo dinero para pagar) mantendré su mesa ordenada y aprenderé a hacer dobladillos a máquina.

Un día le pregunté:

—¿Seguro que funcionará?

—Claro que sí, nuestro vestido será un vestido mágico, diferente de todos los demás.

—¿En serio?

—En serio. ¿Sabes, Camilla?, la magia no tiene nada que ver con las brujas ni con los libros de hechizos, y no es verdad que no exista, aunque mucha gente lo diga. La magia existe y se encuentra en los gestos amables que hacen las personas. ¿Tú crees en la magia?

Me quedé callada unos instantes escuchando el tictac del reloj, después respondí con seguridad:

—Sí, sí creo en la magia.

Creo hasta el punto que ya lo tengo todo previsto: cuando el vestido esté listo iré al quiosco de flores y compraré un girasol. Compraré un sobre y un rotulador de purpurina para decorarlo. Me haré una cola porque el abuelo siempre me dice que con el pelo recogido estoy más mona. Me pondré la camisa que mamá y la tía Bianca me regalaron hace unos meses y fingiré que me encanta.

Cuando el vestido esté listo le pediré a Malvina que me ayude a envolverlo.

Le daré las gracias, y también se las daré a Giacomo, y después iré corriendo a casa procurando no arrugar el paquete. Cuando esté en mi habitación, arrancaré una hoja de mi cuaderno de lengua y escribiré una nota para mamá. Algo así como:

> Hola mamá:
> He encargado este vestido para ti y no sé si será de tu talla, pero espero que sí. No te preocupes si te queda demasiado ancho o demasiado estrecho, Malvina lo arreglará. No te en-

fades si hay alguna coma mal puesta en esta carta y no me riñas por haberlo hecho a escondidas. Lo decidí porque encontré tu foto, la foto en que te reías, y pensé que eres muy guapa y quiero verte reír. Lo he hecho por ti y espero que me perdones. También te pido perdón por aquella noche en que te dije que yo no había derramado el pintauñas por el suelo, sino que había sido el abuelo. Bueno, era mentira, aunque él no lo negó. Perdóname porque no sé escribir muy bien las redacciones y porque hay días en que no tengo ganas de hacer los deberes. Quería decirte que cuando estoy contigo no echo nada de menos. Esta frase no es del todo mía, la leí un día en una tapia y enseguida pensé en ti. Estoy contenta de que seas mi mamá porque hueles bien, porque cada vez que subimos al coche me preguntas si quiero escuchar música y porque cuando cruzamos la calle siempre me das la mano. Por eso pienso que tú también estás contenta de ser mi mamá.

Si quieres, puedes estrenar enseguida el vestido.
¿Estás contenta de ser mi mamá? Espero que sí.
T.q.m., por si no lo sabes, significa te quiero mucho.

O algo así. Pondré la nota en el sobre y lo pegaré en el paquete con un poco de celo. Después lo dejaré encima de su cama y esperaré a que vuelva a casa, se duche y lo vea. Esperaré a que lo abra y cuando me llame iré corriendo.

Edoardo
el padre de Livia

Camilla nació una noche de marzo en que el aire era suave y las estrellas parecían más cercanas a la Tierra porque brillaban con mucha intensidad. Cuando la vi, le acaricié una manita con mucho cuidado y después salí a fumar un cigarrillo. Me senté en un escalón, el cielo estaba precioso esa noche. A mi lado había un chico con unas gafas enormes y una sudadera muy ancha. Estaba allí porque su madre llevaba un tiempo enferma y de repente se había sentido peor. Tenía voz de hombre, aunque quizá, en el fondo de su corazón, quería ser todavía un niño. Siempre me ha impresionado el hecho de que personas con estados de ánimo muy diferentes pasen muy cerca unas de otras o incluso se encuentren sin que la armonía del mundo pierda su equilibrio. Esa noche yo renacía y él buscaba las palabras adecuadas para decir adiós, si es que existen palabras adecuadas para despedirse o alguna vez existieron.

Esa noche le conté que fui un padre pésimo y que haría todo lo que estuviera a mi alcance para ser al menos un buen abuelo. Le conté lo fácil que es rendirse ante el dolor de las personas a las que queremos, lo fácil que es apartar la vista para no enfrentarse al sufrimiento que se lee en los ojos de algunas personas, lo fácil que es admitir cándidamente: «No sé abrazar», cuando es lo único que se nos pide. Un abrazo y una justificación por no haber tenido el valor de estar ahí cuando nos necesitaban.

Me sentía ebrio, a pesar de que solo había bebido dos cafés y un zumo de pera. Le hice prometer que no huiría de los ojos de su madre, porque si lo hacía no dejarían de buscarlo dondequiera que fuera. Lo llevé a ver a Camilla, y él me ofreció a cambio una pastilla de chocolate y una botella de agua con gas. Me hizo prometer que dejaría de fumar. «Tienes que estar en forma, los niños cansan. ¡Dan mucho trabajo!» Sabía lo que decía, estaba estudiando para ser maestro.

Han transcurrido diez años desde aquella noche, y no he vuelto a tocar un solo cigarrillo. Estarías orgullosa de mí, Caterina.

Livia no está casi nunca en casa. El bar es muy esclavo y cuando vuelve siempre está demasiado cansada para hablar o para jugar. Se ducha, responde con monosílabos a las preguntas de su hija y después se tumba en el sofá. Al cabo de poco se queda dormida. Cada santa mañana, Camilla la despierta con un beso en la frente antes de ir a la escuela. Algunas veces Livia le sonríe, otras la mira como si no la reconociera. Pero Camilla es una niña tenaz y nunca se da por vencida. Es como si hubiera venido al mundo con la intención de recordar a su madre que vivir puede ser bonito. Un día me preguntó: «Abuelo, ¿por qué mamá está siempre triste?», y yo hubiera querido hablarle de ti, de nosotros, de cómo te fuiste, pero no lo hice. No era nuestra historia lo que quería saber. Todavía no. Ese día lo que Camilla necesitaba era que la tranquilizaran, como lo había necesitado Livia. «No es culpa tuya.» Debería haberle susurrado estas palabras al oído todas las noches a mi hija para convencerla de que no estaba equivocada; sin embargo solo supe mirarla inerme mientras sacrificaba sus mejores años con nosotros.

«No es culpa tuya», le dije a Camilla, y ella se iluminó.

«¿Estás seguro?», me preguntó.

«Segurísimo, florecita.»

No soporta que la llame así y cuando lo hago me atiza con el puño en el brazo, convencida de que me hace mucho daño.

El padre de Camilla vive en Londres con otra mujer. La llama todos los días y la escucha cuando le cuenta lo que ha comido y todas las personas raras con las que se ha cruzado. Cada tres o cuatro meses viene a Italia y pasan unos días juntos. A veces, al verlos salir, pienso que nos la podría quitar. Si pasara, Livia no opondría resistencia. Dejaría que ocurriera, no lloraría, no gritaría, no haría absolutamente nada. Dejaría que se fuera convencida de que es lo mejor para ella.

Por suerte, Camilla solo quiere ir al parque a patinar. Sí, nuestra nieta patina y a mí me da miedo que se caiga y se haga daño, pero me callo. No quiero transmitirle mis miedos. Procuro educarla en la alegría y en el valor, en el entusiasmo. Procuro no repetir los mismos errores que cometimos con Livia. Le explico todo lo que sé, y cuando no lo sé lo buscamos en internet. Es curiosa y creativa, tiene el pelo cobrizo y un pequeño problema en la vista que la obliga a llevar gafas. Unas gafas de montura de pasta roja y azul que te encantarían.

No sabe decir mentiras, aunque hace unas semanas ha empezado a salir a escondidas. La primera vez que lo hizo yo estaba tumbado en la cama con los ojos abiertos. La oí bajar las escaleras de puntillas y reconocí el ruido siniestro de la puerta de abajo al abrirse. Me levanté de un brinco y fui a la ventana para ver qué pasaba. La vi salir del callejón en bicicleta. Bajé, cogí el coche y la seguí sin que me viera. Al poco, un tramo que a mí se me antojó una eternidad, bajó de la bicicleta frente al taller de Malvina. Me debatí contra el impulso de entrar y llevármela a casa agarrándola de la oreja. ¿Qué hacía en la modista una niña de nueve años? Esperé casi una hora y cuando estaba a punto de perder la paciencia la vi salir.

Parecía contenta.

Me apresuré a volver a casa antes que ella y cuando nos encontramos en el baño fingí que no me había dado cuenta de nada.

A la mañana siguiente, mientras Livia y Camilla dormían, fui a hablar con Malvina y le pregunté qué hacía mi nieta en su taller. Me ofreció una taza de té verde y me invitó a sentarme. Me enseñó una foto de Livia cuya existencia había olvidado por completo y añadió: «Camilla me ha pedido que haga un vestido idéntico al que su madre lleva en esta foto. Está convencida de que cuando se lo ponga sonreirá de nuevo. Viene para verla sonreír, ¿entiende? Para los niños, cada día es nuevo y lo que ayer parecía un drama hoy está olvidado, pero hay cosas que se les quedan grabadas: el rechazo de un amigo, los gritos de los adultos, las promesas y el dolor de sus padres. Un niño no puede pensar en nada más cuando sabe que su padre o su madre no están bien. Camilla se ha dado cuenta de que a su madre le pasa algo y quiere salvarla. No la riña por eso».

A partir de ese día, cuando sale a escondidas para ir al taller de Malvina finjo no darme cuenta. La observo de lejos en silencio y rezo para que no la atropellen en ese breve tramo de calle; la espero en un banco, a poca distancia del taller de la modista, comiendo un helado.

Se está haciendo mayor.

Cuando la veo correr y reír, cuando me pone la mano en la cara y me dice «¡Hola, abuelito!», pienso en ti.

Hay tantas cosas en mi mundo que todavía me hacen pensar en ti. La mirada de reproche de Livia cuando pongo la radio demasiado alta, el aroma del seto de pitósporo, las pecas de Camilla. Los libros que dejaste sobre tu mesita de noche antes de rendirte siguen ahí. Les quito el polvo una vez por semana, pero no me atrevo a guardarlos. Nunca se sabe.

¿Y si volvieras y quisieras leerlos? Te odié por lo que hiciste, por lo que me hiciste, pero la verdad es que te he amado todavía más. El paso del tiempo tampoco ayuda: destiñe los malos recuerdos y devuelve a los mejores su antiguo esplendor.

Por eso, cuando pienso en ti, nunca te recuerdo marchita ni enferma, no te recuerdo agotada ni rendida. Cuando vuelves a mi mente te veo como eras la primera vez que nos encontramos: radiante, con aquella mirada melancólica que me hechizó y que no imaginé que pudiera ocultar tanto sufrimiento.

Y, además, permíteme que te lo diga, aunque sé que esa palabra nunca te ha gustado porque la dice todo el mundo, cuando vuelves a mi mente te veo bellísima. No sé si he logrado perdonarte, perdonarme por no haber sido capaz de retenerte, por haberte engañado, por haberte abandonado cuando más me necesitabas, por haber permitido que nuestra hija cargara con responsabilidades que no le correspondían. Hay noches en que sueño contigo y me siento más ligero. Pienso: «Quizá lo he logrado, quizá ya puedo dejarla en paz», pero después me encuentro cara a cara con Livia, con su rostro enjuto, sus ojos cansados, su piel impregnada de sentimientos de culpa y de miedo, y comprendo que todavía no ha llegado la hora de seguir adelante.

Cuidaré de ella como debería haberla cuidado de pequeña, te lo prometo. Cuidaré sus heridas, que son culpa nuestra: no intentaré recoser su corazón desgarrado, porque un corazón no puede remendarse con hilo y aguja. La acariciaré hasta que sus heridas cicatricen solas, porque si hay algo que he aprendido es que un corazón que ha sufrido, para recuperarse necesita el doble de amor del que ha perdido.

Camilla
la hija de Livia

Hoy, por primera vez desde que empecé a ir al taller, Giacomo se ha ofrecido para acompañarme a casa. Me ha dicho: «Puedo ir contigo, así no tienes que hacer sola todo el camino».

Creo que ha empezado a cogerme un poco de cariño, aunque no estoy segura. Pero me saluda cuando llego y me despide cuando me voy, y a veces, cuando me peleo con la máquina de coser, se sienta cerca de mí. Me habla de sus dibujos y de las historias que lee cada noche cuando todos creen que duerme. Está convencido de que existen los extraterrestres y le gustaría que uno de ellos fuera amigo suyo porque, según él, los humanos nunca le entenderán. Me dio pena cuando lo dijo y en ese momento pensé que tarde o temprano haré que cambie de idea y le demostraré que los seres humanos no son tan malos como él piensa. Al menos, no todos.

Me contó que cuando las lagartijas están en peligro se deshacen de la cola para distraer al enemigo y salvar la vida. Desde entonces sueño que soy una lagartija valiente e invencible. También me contó que una vez salvó a un gato que había subido a un árbol delante de su casa y no sabía cómo bajar, por eso ha decidido que de mayor quiere ser bombero. ¿O tal vez pintor?

Yo no sé qué haré cuando sea mayor, pero espero que todas las personas a las que quiero estén conmigo.

Un día, hace unas semanas, a Malvina le dolía mucho la cabeza y no le apetecía coser, así que nos dijo: «¿Por qué no vais a comer un helado? Yo voy a echarme un rato».

Creo que ese fue el día en que Giacomino y yo nos hicimos amigos. Salimos en silencio, entramos en la heladería en silencio, y cuando el heladero nos preguntó de qué sabores queríamos el vasito de dos euros respondimos al unísono: nata y chocolate. Nos echamos a reír y nos miramos a los ojos por primera vez. «Estás muy rojo», le dije, y él me respondió algo así como: «Y tú estás tonta».

Salimos peleándonos de la heladería, pero cuando volvimos al taller ya habíamos hecho las paces.

Hoy ha sido un día un poco especial. En cuanto he llegado, Malvina me ha dicho: «Ya está, niña, ya está. Tu regalo mágico está listo, ¿quieres verlo?», y de repente algo que no sé cómo llamarlo se ha apoderado de mí. Me han dado ganas de llorar. Malvina me ha pellizcado la mejilla y después ha colocado el vestido de mi madre sobre la mesa redonda que hay en el centro de la habitación.

El vestido es incluso más bonito de lo que me esperaba: brillaba como si alguien le hubiera volcado encima un bote de polvo de estrellas y era tan ligero que parecía que quien lo vistiese echaría a volar. Esperemos a ver qué pasa, he pensado. A lo mejor la magia existe de verdad.

—Ahora tienes que decidir cuándo vendrás a buscarlo para dárselo a tu madre.

—Quisiera esperar al sábado, es el día que le gusta menos porque tiene que trabajar más. Sí, el sábado es un buen día.

Giacomino estaba muy excitado.

—Es perfecto, Cami. ¡Perfecto! ¡Tu madre se pondrá tan contenta que cuando lo vea no tendrá más remedio que sonreír!

—¿Estás seguro?

—Segurísimo.

—Marchaos ya, si vais andando tardaréis en llegar, y no querrás que te descubran justo ahora, ¿verdad?

—¡Claro que no, señora!

Antes de marcharnos nos ha abrazado, y en ese momento he descubierto que su pelo olía a fresas.

«Por fin todo empieza a ir por buen camino», me he dicho para mis adentros, y una vez más he vuelto a reprimir el llanto.

De camino a casa tenía ganas de cantar. Hacía sol, pero el aire era bochornoso. Giacomino, que de vez en cuando me lee el pensamiento, me ha dicho: «Cuando hace tanto calor, siempre acaba lloviendo. A lo mejor esta noche hay tormenta».

Procuraba apurarse para seguir mi paso, yo caminaba tan despacio como podía para que no se cansara, y si se quedaba atrás me paraba para esperarlo.

Poco antes de despedirnos me ha dicho que tenía algo para mí.

—Es un dibujo, pero prométeme que lo mirarás cuando estés sola, ¿de acuerdo?

He cogido el sobre y lo he puesto dentro de la mochila con cuidado, como si fuera un diamante de gran valor.

—Ahora vete, antes de que descubran que has salido a escondidas —me ha dicho, y luego me ha acariciado el pelo. Un gesto casi involuntario, o eso me ha parecido.

Me he quedado parada unos instantes y después, sin decir nada, me he armado de valor y le he sonreído.

Acto seguido he echado a correr lo más deprisa que he podido hacia la verja de mi casa.

Estaba tan feliz, pero tan feliz, que he pensado en rima: «Estoy volando sobre una nube de nata, ligera, suave y mojada de horchata».

Siempre me pasa lo mismo cuando estoy contenta, no sé por qué. Estaba tan contenta que ni siquiera me he dado cuenta de que el coche de mi madre estaba aparcado en el camino de entrada a casa. Cuando lo he visto, mi alegría se ha transformado en miedo. ¿Por qué habrá vuelto? ¿Se habrá dado cuenta de que no estaba jugando en mi habitación? De uno a mil, ¿cómo de enfadada estará?

Pero en cuanto he entrado en casa, el miedo se ha transformado en terror.

Mamá estaba sentada en el suelo, en un rincón, con la cabeza entre las rodillas y lloraba. El abuelo intentaba secarle las lágrimas con un pañuelo de papel.

«¡Mamá! ¡Mamaíta!»

He acudido en su ayuda y he intentado tranquilizarla,

abrazarla, preguntarle por qué lloraba, pero el abuelo me ha cogido de la mano y me ha acompañado a mi habitación. Me ha dicho que me tranquilizara, que no pasaba nada, que enseguida se le pasaría, y ha cerrado la puerta.

Me he quedado sentada en mi cama mirando fijamente el póster de Harry Styles que cuelga de la pared, hasta que ha anochecido y la habitación se ha quedado a oscuras.

En la oscuridad, he notado que me dolía el estómago como cuando me despertaba preocupada porque la maestra iba a preguntarme la lección.

Me he levantado, he encendido la luz y me he quedado escuchando detrás de la puerta por si se oía algún ruido, quizá la voz de mi madre o la de mi abuelo, pero no. No se oía nada.

Los mayores también lloran, he pensado, pero cuando lo hacen da un poco de miedo.

Quisiera salir, ir a ver qué pasa, pero no puedo. Me tiemblan las piernas.

De repente me acuerdo del sobre de Giacomino. Lo saco de la mochila y lo abro: hay un dibujo, como me ha dicho. Lo miro una y otra vez, le doy la vuelta, y al cabo de unos minutos por fin lo entiendo. Es mi retrato. Giacomino ha dibujado mi retrato. Por un momento me dan ganas de hacer otra rima, me siento de nuevo en la nube, pero pasa enseguida.

Debajo del dibujo ha escrito: «Eres mágica, Cami».

Abrazo la hoja como si fuera una persona, como si fuera Giacomo o mi madre, después lo pongo en el sobre y lo escondo dentro de un libro.

El corazón me late tan fuerte que casi me duele. Antes de

esta noche nunca había pensado en mi corazón. No lo había notado. Sabía que tenía corazón, claro: lo he estudiado en ciencias y mi abuelo me ha explicado detalladamente cómo funciona, pero nunca me había dado cuenta de que estaba ahí.

Me asomo a la ventana y al mirar las estrellas me acuerdo de aquella vez que mi compañero de pupitre vio que dibujaba un hada y me dijo: «Las hadas no existen, ¡y la magia tampoco!».

En aquel momento le respondí que era tonto y le pregunté: «Según tú tampoco existe Papá Noel, ¿verdad?», y él negó rotundamente con la cabeza.

Aquella mañana, a la hora del recreo, nos peleamos, pero ahora pienso que a lo mejor tenía razón: la magia no existe, y tampoco los vestidos encantados que hacen que las mamás sonrían de nuevo.

Giacomo
el mejor amigo de Camilla

Hace una hora y cuarenta y dos minutos que espero a Camilla sentado en este banco.

Camilla es la única amiga que tengo, la única que no me mira con recelo y que me escucha cuando le explico mis experimentos y le hablo de mis dibujos.

A ella le gusta como soy, es más, creo que le gusto precisamente por como soy.

Es la primera vez que paso el verano en el pueblo, que no voy ni siquiera una semana a la playa o a la montaña; mis padres no pueden pagar todas las facturas y por eso han decidido que este año nos quedamos aquí. No me lo han dicho ellos, lo he deducido yo al oír cómo discutían después de cenar en el cuarto de estar.

Al principio yo estaba muy enfadado por eso, por las discusiones y por el dinero «que nunca llega para todo» (al menos eso le oí decir a mi padre), pero después llegó ella.

Desde que somos amigos todo me parece más fácil.

Camilla nunca habla mal de nadie y tiene los dientes más rectos que he visto en mi vida. Siempre me gana jugando a las cartas y se sabe de memoria todas las canciones de la radio. Cuando nos peleamos (¡y lo hacemos muy a menudo!) se pone roja como los tomates maduros que utiliza mi abuela para hacer su salsa y se recoge el pelo como si se dispusiera a librar una batalla campal.

De todas formas, siempre gana.

Un día me di cuenta de que cuando la veía llegar me ponía contento y saber que tenía que irse hacía que me sintiera como la noche en que descubrí que mi perro Tito había muerto: destrozado.

Desde que somos amigos ya no me siento solo y antes de dormir no les pido casi nada a las estrellas. Solo dos cositas.

La primera: que mis padres, mi abuela y yo vivamos cien años.

La segunda: que Camilla no desaparezca.

Pero a mí me parece que las estrellas suelen ocuparse de sus propios asuntos y no siempre tienen ganas de mirar lo que ocurre aquí abajo, de escucharnos, y, en efecto, hace una semana que no veo a Camilla.

«¿Será por culpa de la caricia que le hice? —me he preguntado mil veces—. ¿No le habrá gustado mi dibujo?» La última vez que la vi le di un sobre con su retrato. No es que yo dibuje muy bien, pero no puedo evitarlo. Tener un lápiz en las manos hace que me sienta invencible como esos tipos musculosos que salen en televisión, y entonces me olvido de las peleas de mis padres y de los motes que me ponen en la escuela.

Cuando dibujo me olvido hasta de comer, de beber zumo de fruta y de ver los dibujos animados sentado en el sofá. Cuando dibujo solo me acuerdo de los buenos momentos, y, desde hace un tiempo, siempre acude a mi mente la cara de Camilla.

Mi abuela no está preocupada. «Ya verás, volverá cuando sea el momento», me dice.

Pero cada tarde, al mirar las hojas inmóviles de los árboles, pienso: «Yo no soy una hoja, no necesito que el viento me lleve, si sigo esperando, si no salgo a buscarla, el momento podría no llegar nunca».

Quizá Camilla ha tenido miedo de repente y ha pensado que lo mejor es dejarlo correr, a lo mejor debería ayudarla, infundirle un poco de valor. Por eso he ido a buscar el vestido y me he encaminado hacia su casa.

Cuando he llegado delante de la verja de su edificio, he caído en la cuenta de que no me acordaba de su apellido, pero era demasiado tarde para echarme atrás, así que he empezado a tocar los timbres al azar, uno detrás de otro.

En un momento dado se ha asomado una señora rubia con el pelo corto y rizado. Tenía un cigarrillo en la mano y parecía nerviosa.

—¿Qué quieres?

—¡Busco a Camilla! ¿La conoce?

—¡No conozco a ninguna Camilla! ¡Vete a tu casa!

La segunda persona que ha respondido al timbre era un anciano que buscaba compañía.

—No, no la conozco, mi hermana se llamaba así. Era tan guapa…

Algunos no estaban en casa y otros han fingido no estar, como hace siempre mi madre cuando llaman a la puerta los Testigos de Jehová: se oculta detrás de las cortinas y espera a que se alejen de nuestra casa, después suspira aliviada y sigue con sus quehaceres.

Cuando estaba a punto de irme, la señora rubia ha vuelto a asomarse.

«Eh, chico, prueba a llamar al último timbre de abajo a la izquierda. ¡Puede que la Camilla que buscas sea la nieta del señor Fabbri!»

Y eso he hecho. He llamado al último timbre de abajo a la izquierda, he esperado, uno, dos, veinte, cincuenta segundos y entonces he oído a una voz femenina, que sonaba muy lejana, preguntar:

—¿Quién es?

—Soy un amigo de Camilla. ¿La conoce?

Silencio.

Y más silencio.

—Es mi hija, pero ahora no está en casa.

—¿Puedo subir un momento? Tengo que darle algo. —De nuevo silencio—. Por favor, ¡es muy importante!

Un suspiro.

—De acuerdo. Sube.

Edoardo
el padre de Livia

He logrado convencer a Camilla para que saliera de casa y me acompañara al parque. Le he dicho que necesitaba estirar las piernas y que no me apetecía ir solo.

«¡Dentro de una hora, dos como mucho, estaremos de vuelta, ya lo verás!»

Me ha mirado de reojo porque se ha dado cuenta de que era un pretexto para pasar un rato juntos, pero me ha seguido la corriente y me ha dicho: «Me cambio y me aseguro de que mamá no necesita nada. ¡Espérame!».

Desde que se encontró a su madre hecha un mar de lágrimas, Camilla debe de haberse prometido a sí misma que no la dejará sola: ya no va al taller de costura, ni a la heladería a la hora de merendar, ni a la piscina con sus amigas. Por encima de todo está el miedo a perder a su madre.

El otro día, mientras la observaba sentada en el sofá con la mirada apagada, comprendí que debía hacer algo por ella, por eso estamos aquí ahora.

Aunque las vacaciones ya casi han acabado, el parque de Montecatini sigue prácticamente desierto. Hay algunos turistas (seguramente rusos y alemanes) en busca de aire fresco y algún que otro corredor temerario que intenta mantenerse en forma bajo este sol de justicia haciendo caso omiso de los consejos del telediario.

Camilla está muy callada estos últimos días y eso me incomoda. Estoy acostumbrado a oírla hablar continuamente de cualquier cosa, a pedirle que baje la voz para poder leer el periódico en paz, en cambio ahora es como si no tuviera nada que decir, como si hubiera agotado las palabras o no lograra encontrar las adecuadas. Camina arrastrando los pies como si estos le pesaran mucho y la cabeza muy poco.

Le recuerdo que debe mantener la espalda recta, si no, tarde o temprano le saldrá chepa, pero es como si de repente se hubiera vuelto sorda. Aprieto con fuerza las asas de la bolsa que llevo en la mano para reprimir el impulso de reñirla. «No es el momento adecuado», digo para mis adentros.

«¿Qué te parece si nos sentamos ahí, bajo el sauce llorón?», le pregunto. Sé que ese es su banco preferido, no puede decirme que no.

Sin responder, se encamina hacia el árbol que acabo de indicarle y se sienta.

Me uno a ella intentando mantener la calma y cierro los ojos un instante. El olor a hierba recién cortada me recuerda que mi padre me traía aquí de niño a jugar a la pelota. A mí no me gustaba, pero él se divertía como un loco, así que durante años le dije a todo el mundo que quería ser futbolista, aunque con solo pensarlo me daban ganas de escapar a una isla desierta.

—¿Para qué querías venir aquí?

Camilla me trae bruscamente a la realidad.

—Solo quería disfrutar de un poco de aire fresco contigo… —Me mira con recelo, después cruza los brazos como suele hacer cuando está muy enfadada y baja la mirada—. ¡De acuerdo, de acuerdo! ¡Cabezota! Te he pedido que vengas porque quiero contarte una historia. No es una historia bonita, atención, pero te atañe y no quiero seguir ocultándotela.

Ahora sus ojos me miran fijamente y su corazón está listo para escucharme: por fin he logrado captar su atención.

—¿Qué hay en esa bolsa naranja?

—Paso a paso, Camillina. Poco es mejor que nada y en cualquier caso es mejor que todo de golpe. Procura recordarlo.

—Vale.

—Esta historia habla de tu madre. —Cuando menciono a su madre, Camilla se pone rígida y empieza a torturar el dobladillo de su vestido blanco con flores amarillas. Como me da miedo que se levante, salga corriendo y se escape, y perder la ocasión de hablarle, añado—: Escucha, es por tu bien, confía en mí y dame la mano.

Aprieto su manita fría y sudada entre las mías y empiezo a contarle toda la verdad.

—Tu madre, de pequeña, era muy distinta de como es ahora. Se parecía mucho a ti, aparte de los ojos, los tuyos son oscuros y los suyos claros, y del pelo, que ella llevaba siempre recogido y a ti te gusta llevarlo suelto. Su pasatiempo favorito era escuchar música y después de cenar solía pedirme que encendiera la radio y se ponía a bailar descalza en la cocina. No tenía muchos amigos, pero los pocos que tenía la querían de verdad. Nunca llevaba falda y le encantaban los domingos de invierno por la tarde, cuando después de lavar el coche nos sentábamos los tres juntos en el sofá a ver la televisión.

—¿Contigo y con la abuela Caterina?

—Exactamente. Se acurrucaba entre nosotros dos y se dormía en mitad de la película con una sonrisa grabada en su adorable cara. No sabía mentir y detestaba los cumpleaños y el jolgorio. La primera vez que cogimos un avión para ir a París pensé que tendría miedo, pero volar le hacía tanta ilusión que desde que subimos a bordo no paró de cantar.

Al recordar este detalle, los ojos se me llenan de lágrimas a mi pesar: creía que era más resistente al pasado, pero está claro que no es así. Por suerte, han inventado las gafas de sol.

Camilla, en cambio, parece ahora más tranquila. Creo que necesitaba imaginar a su madre como una niña feliz.

—Livia...

—¡Suena raro que la llames por su nombre!

—Tienes razón, pero ese es su nombre, Livia, que además de ser tu madre ha sido y sigue siendo muchas cosas más. Fue una niña alegre, una chica enamorada y además, ¿sabías que tu madre también es escritora?

—¿Escritora?

—Sí. Desde que aprendió a escribir, Livia pasó varios años escribiendo sin parar. Una vez su maestra me entregó una carpeta llena de hojas de papel en las que había escrito sus historias. Eran historias de mundos fantásticos, de superhéroes vestidos de personas normales, de sueños valientes. Livia escribía continuamente y conocía palabras que nadie le había enseñado. Cada noche, antes de dormirse, pasaba unos diez minutos leyendo el diccionario. «Quiero aprender todas las palabras que existen, no quiero perderme ni una», decía. Cuando volvía de la escuela comía a toda prisa y se encerraba en su habitación, cogía su cuaderno de papel reciclado, su preferido, y se refugiaba en su fantasía.

—¿Y por qué ya no escribe?

—Por culpa de la abuela Caterina. Y también por la mía.

—¿La abuela Caterina? ¿Qué tiene que ver la abuela con eso?

—Tú no la conociste, pero habríais hecho buenas migas. En cuanto podía cogía el coche y se iba a la playa, era la más guapa en las fiestas del pueblo y cuando oía una canción no podía quedarse quieta. Le gustaba la música y correr. Corría una hora cada tarde. «Hace que me sienta bien, que me sienta fuerte», decía. Iba a robar cerezas al cerezo de los vecinos y volvía a casa jadeando, se quitaba los zapatos, se sentaba en el suelo y se las comía todas. Cuando alguien estaba triste se daba cuenta enseguida y ¿sabes qué hacía? Iba a la floristería, compraba un girasol y se lo regalaba. «No hay nada que no se pueda arreglar con un girasol», decía, y te daban ganas de creértelo.

—¡Era genial!

—Lo era, pero dentro tenía un monstruo silencioso y hambriento. Si yo hubiera prestado atención, quizá me habría dado cuenta enseguida, pero estaba distraído y durante mucho tiempo no reparé en ello. Hay enfermedades que no se pueden ocultar: pierdes el pelo, te quedas cojo, engordas o adelgazas. La enfermedad de la abuela Caterina, en cambio, no se podía ver, pero consumía lentamente todos sus buenos sentimientos.

—¿Sus buenos sentimientos?

—Sí. Imagina que cada uno de nosotros tiene dentro de sí una despensa llena de botes: el de alegría, el de amabilidad, el de dulzura y el de los recuerdos felices. En un momento dado la enfermedad se los robó. Se llevó todos los pensamientos hermosos que tenía guardados y solo le dejó la tristeza y el miedo.

—¿Y no podía tomar medicinas? ¿No podía curarse?

—Sí que podía, o mejor dicho, hubiera podido, pero como esa enfermedad era invisible poco a poco se fue haciendo más y más fuerte, y cuando nos dimos cuenta era demasiado tarde. La descuidamos. Yo la descuidé. ¿Sabes qué significa eso?

—No estoy segura.

—Significa no cuidar algo o a alguien con la atención debida. Cuando queremos a alguien, Camillina, nunca debemos descuidarlo. Significa que si no cuidamos nuestras flores, tarde o temprano se marchitan.

Tan simple, tan cruel, porque la mayor parte de la gente ha de ver morir alguna planta antes de entenderlo. Pero evito decírselo.

Callo durante unos instantes y acaricio la mano de mi nieta. No estoy seguro de que contarle todo esto la ayude, pero sé que a estas alturas ya no puedo echarme atrás.

—La abuela Caterina era como una galleta sumergida en una taza de infelicidad. Llegó un momento en que no pudo seguir soportando ese peso y acabó rompiéndose.

—¿Como cuando dejo la tostada dentro de la leche caliente demasiado tiempo, se rompe y cae dentro de la taza?

—Exactamente.

—¿Como mi mamá?

Sabía que me lo preguntaría. Estaba esperándolo.

—No, Cami. Como tu mamá, no. Tu madre no está enferma, recuérdalo siempre. Tu madre está triste porque no pudo ayudar a la abuela Caterina. Vio como dejaba de sonreír, la oyó llorar por las noches y no pudo hacer nada para retenerla. Por eso dejó de escribir, por eso dejó de hacer todo lo que le gustaba. Tu madre está convencida de no merecer la felicidad. Se ha rendido, pero nosotros podemos recordarle cómo se lucha.

—¿Cómo?

—Luchando con ella. En esta bolsa naranja está la carpeta con sus historias. Cincuenta y dos historias escritas a lápiz, todas con un final feliz. En esta bolsa naranja están todas las estrellas a las que tu madre se aferraba cuando era pequeña. Un cielo lleno de palabras escogidas con esmero, un cielo sereno. Ninguna tormenta al acecho. Ella no sabe que las he guardado durante todos estos años. ¿Por qué no se las devuelves tú? ¿Crees que puedes hacerlo?

Conozco a mi nieta, sé que siempre acepta el desafío.

En efecto.

—Claro que puedo, ¿por quién me tomas?

Nos quedamos en silencio unos minutos. Le suelto la mano y le doy la bolsa. Ella la aprieta entre sus brazos, me sonríe y apoya su cabeza en mi hombro.

El tiempo parece haberse detenido a nuestro alrededor. Los días son más cortos, pero esta tarde es como si el sol no quisiera ponerse. Los murciélagos juegan a perseguirse, y en medio del prado un gato se lame las patas y mira a su alrededor antes de decidir adónde ir. Pienso que es bueno descansar, detenerse a tomar aliento. De vez en cuando es necesario apagar el motor y admirar el paisaje, de lo contrario, ¿qué sentido tiene viajar? Un verdadero viajero, sin embargo, nunca debería olvidar que lo fundamental es reanudar el camino, siempre. Está prohibido acomodarse, quedarse quieto.

—Quiero volver a casa. Quiero ir con mamá.

De repente veo en ella la mujer que será. Una mujer hermosa y peligrosa. No podré protegerla siempre. Pronto los chicos rivalizarán para salir con ella y yo solo podré quedarme al margen esperando que ninguno hiera sus sentimientos.

—Tienes razón, espabilemos. —Hay palabras que deben pronunciarse en el momento adecuado, de lo contrario podrían perder todo su valor. Hay abrazos que no pueden esperar—. Pero antes prométeme una cosa.

—Las promesas se las lleva el viento, me lo enseñaste tú.

—Es cierto, pero las que se hacen a los abuelos no se las lleva nadie. ¿Estamos?

—Estamos.

—Prométeme que no te rendirás nunca.

—Te lo prometo.

—¿Pase lo que pase?

—Pase lo que pase.

Camilla
la hija de Livia

Corro por la acera agarrando con fuerza la carpeta con los cuentos de mi madre. De vez en cuando aflojo el paso para tomar aliento y para no dejar atrás al abuelo. Lo miro: tiene las mejillas encendidas y parece cansado, pero sé que no tiene intención alguna de pararse a descansar. Me saluda desde el fondo de la calle y me manda un beso al vuelo, después me grita: «Date prisa, ¡no te quedes ahí plantada!», así que sigo corriendo. Corro bajo ese cielo que se prepara para recibir la oscuridad, corro sin pensar que el corazón podría explotarme. Corro sin más, que es muy bonito, aunque nadie lo crea. Dejo atrás la casa abandonada que siempre me ha dado miedo, los contenedores de la basura cuyo olor a pescado podrido me da náuseas, el bache que mi abuelo pidió que arreglaran y que sigue en el mismo sitio.

Bueno, está ahí, pero he aprendido a esquivarlo.

Saco las llaves del bolsillo pequeño de mi mochila, me cuesta abrir la verja porque me tiemblan las manos, las piernas, el pelo y hasta los ojos.

Se me caen un par de veces, y al final consigo abrirla.

Camino lentamente hasta el portal, intento calmarme. Cuando llego me paro delante de la puerta de casa hasta que noto la mano cálida del abuelo sobre el hombro y oigo su voz entrecortada pero decidida que me dice que abra.

Lo hago, abro la puerta, y me encuentro con una profunda oscuridad, el cuarto de estar desierto, y la ventana de la cocina, que alguien se ha olvidado de cerrar, abierta de par en par.

Debe de llevar así todo el día, pero el abuelo no me riñe, no refunfuña. Solo susurra: «Ve a su habitación, estará allí».

De repente, lo que más deseo en este mundo es que él me acompañe. Le tiendo la mano, él la aprieta unos instantes y luego la suelta. Me dice que soy lo suficientemente fuerte, que ya soy mayor, que hay historias que debemos tener la valentía de escribir solos.

Pruebo a hacer pucheros, pero no funciona. Me hace cosquillas en el cuello, sabe que no puedo resistirlo, y en un abrir y cerrar de ojos me echo a reír entre lágrimas.

Intento escapar de su tortura y el abuelo se detiene de golpe, como si hubiera recibido una descarga eléctrica.

—Cami. Escucha…

—¿Qué?

Convencida de que se trata de una de sus bromas tontas, aliso la carpeta, me aseguro de que no se haya arrugado.

—Tu madre. Hacía años que no cantaba.

Callo por un momento y también yo la oigo: su voz no es la de siempre, parece la voz de una niña, y de repente me doy cuenta de que ya no tengo miedo, de que ya no les tengo miedo a ella ni a sus ojos, que cuando están tristes se vuelven negros.

Subo las escaleras de puntillas, como si no quisiera molestarla. La lámpara del pasillo está apagada, pero por la puerta entornada de su habitación se filtra un poco de luz, suficiente para orientarme y no tropezar.

Me asomo procurando no hacer ruido y logro verla de espaldas: está bailando delante del espejo. Se mueve con gracia, como yo cuando oigo una canción que me gusta, y de vez en cuando se toca el pelo. Observo encantada sus manos, que hacen piruetas en el aire, y reconozco las mangas, lleva un vestido idéntico al que hemos confeccionado para ella. Es imposible, pienso, y aguzo la vista para cerciorarme de lo que veo, pero cuanto más lo miro más me convenzo de que es aquel mismo. Brilla más de lo que recordaba, con él mamá parece una sirena.

¿Cómo ha llegado hasta aquí? Llamo a la puerta, tan flojo que no me oye. Vuelvo a llamar con más decisión y por fin se da la vuelta, por fin nota mi presencia.

—¡Camilla!

—Perdona, mami…

—No me pidas perdón. —Se acaricia la falda del vestido y se sienta con cuidado para no arrugarla—. Ven a sentarte a mi lado —me dice. Debe de haber llorado porque tiene los ojos enrojecidos, pero sonríe. Obedezco, voy hasta ella y me siento en una esquina de la cama, a cierta distancia de ella. Se echa a reír—. Estamos muy lejos —dice, y se desplaza para sentarse más cerca.

Su pierna roza la mía, y eso es suficiente para que me sienta feliz.

Por eso odio los coches, los aviones, los autobuses, los trenes de alta velocidad que tanto le gustan al abuelo, y también los globos.

Odio todo lo que podría alejarla de mí.

Pero ahora tengo la impresión de que está aquí para quedarse. Podría equivocarme, pero me parece que está a gusto a mi lado.

—El abuelo me ha pedido que te dé esto.

—¿Qué es?

—La carpeta con las historias que escribías cuando eras pequeña. Las ha guardado para ti, por si te apetecía volver a leerlas.

Se la dejo en el regazo y espero a que la abra, pero ella la acaricia sonriendo y entonces empieza a hablar sin dejar de mirar cómo avanza la noche sobre las casas al otro lado de la ventana.

—Tu abuelo es un cabezota como tú —dice, y luego se vuelve hacia mí—. ¿Sabes que tu amigo Giacomo ha estado aquí?

—¿Quién? ¿Giacomo? ¿Giacomo-Giacomo?

Noto que me pongo roja y bajo la mirada.

—Sí, el mismo. ¿Y sabes lo que me ha contado? Me ha contado una historia mucho más bonita que las que yo escribía cuando era pequeña. Me ha hablado de la primera vez que te vio. Me ha dicho que estabas asustada, pero decidida a convencer a su abuela para que cosiera un vestido mágico para mí.

—Pienso en Giacomo, en el esfuerzo que debe de haber hecho para presentarse aquí y hablar tanto rato con mi madre—. Me ha contado que has aprendido a hacer el dobladillo de los pantalones y a coser botones, que tienes una voz horrible cuando cantas y que le gusta estar contigo porque cuando te ve le dan ganas de salir de su escondrijo. Creo que le gustas.

—¡Mamá! ¡No digas esas cosas! —Se echa a reír—. Oye, ¡no te burles!

—¡Vale! ¡Vale! ¡Paro! Pero ¿sabes qué me ha dicho después?

—¡No, porque te burlas de mí!

—No lo haré más, te lo prometo. —De repente pone su mano sobre la mía—. Me ha dicho que me quieres mucho. ¿Es verdad?

Vuelvo a ponerme roja y oigo los fuegos artificiales de Fin de Año en una ciudad que no es la nuestra, el rumor del mar de hace algunos veranos y el llanto desesperado de mi madre de hace unos días. Oigo todo eso con mucha intensidad, tanta que empieza a darme vueltas la cabeza, pero no puedo echarme atrás justo ahora. Quisiera responderle en voz baja, casi en un susurro, pero me levanto y me pongo a gritar.

—¡Sí, mamá! ¡Sí! ¡Te quiero! ¡Te quiero!

Lo digo apretando los ojos y los puños, sin mirarla, y cuanto más lo digo más ligera me siento y más cuenta me doy de que no veía la hora de decírselo desde hace quién sabe cuánto tiempo, y poco a poco los puños se abren y los ruidos se desvanecen, hasta que solo queda el silencio de la noche y el tictac del reloj que cuelga de la pared.

Ella también se levanta y deja la carpeta del abuelo en la mesita de noche, después me acaricia el pelo. Se sube a la cama, se arremanga un poco el vestido para que no se desgarre y empieza a saltar. Me quedo mirándola unos instantes, me quito los zapatos y me uno a ella. Empiezo saltando despacio, pero después intento subir cada vez más alto, tocar el techo, alcanzar el cielo.

Saltamos y reímos, nos damos las manos y nos dejamos caer sin aliento.

—Si seguimos saltando así, romperemos la cama —me dice, pero no paramos.

Nos abrazamos y seguimos saltando y saltando, esta vez abrazadas, pegadas la una a la otra. Saltamos tanto que nos olvidamos de todo, hasta de nuestros nombres; saltamos hasta caer rendidas.

Cuando ya no podemos más, nos tumbamos en la cama cogidas de la mano, sudadas y contentas.

—¿Te gusta el vestido? —le pregunto.

—Es incluso mejor que el original.

—¿Leerás las historias?

—¡Claro que sí! Las leeremos juntas.

Calla un instante y después me dice que Giacomo me está esperando.

—¿Ves cómo te burlas de mí?

—No me estoy burlando de ti. Si te asomas a la ventana seguramente lo verás. Está sentado en el banco, debajo de la farola, desde hace al menos dos horas.

Doy un brinco, me pongo de pie y me acerco a la ventana

a hurtadillas. Aparto un poco las cortinas y lo veo: camina arriba y abajo con un libro en la mano y de vez en cuando se para a mirar el cielo.

—Ve, Camilla.

—¿Puedo? ¿De verdad?

Ella asiente.

Le doy un beso en la frente y le prometo que volveré enseguida, pero cuando estoy a punto de alejarme me coge la mano y me dice algo que no entiendo, puede que porque no me lo había dicho nunca.

—¿Qué? No te he entendido.

Toma aliento como si fuera a bucear, se frota los ojos y se aclara la voz.

—Yo también te quiero. Te quiero mucho.

Lo repite unas cuantas veces y después me suelta la mano.

La miro y me entran ganas de llorar. De repente no quiero irme, no quiero que vuelva a quedarse sola, pero mi madre me sonríe.

—El mundo de ahí fuera puede ser muy malvado, pero también está lleno de magia. Ve a buscarla y, si quieres, guarda un poco para mí. Yo también lo haré. —Me da un empujoncito y me dice que vaya—. Cuando vuelvas estaré aquí.

Livia

Este año tengo la impresión de que el invierno ha sido un soplido. No he percibido la niebla, que tiene la mala costumbre de ocultar el cielo, tampoco las noches gélidas que hacen que todo, hasta las cosas más simples, hasta las más bonitas, parezca más difícil. Las luces de Navidad no me han puesto de mal humor, y, apoyada en la puerta de mi bar con los brazos cruzados, he logrado incluso contemplar alguna puesta de sol sin apartar la mirada, sin ponerme nerviosa por sentirme incapaz de disfrutar.

Una mañana de finales de febrero, después de haber acompañado a Camilla a la escuela, fui a ver a mi madre, y en vez de llevarle un girasol, como de costumbre, me presenté con las manos vacías; en vez de pedirle perdón como siempre había hecho, le dije dos palabras nuevas, dos palabras que tenía en la punta de lengua desde hacía tiempo. Limpié la foto en la que sonríe con los ojos cerrados, los codos apoyados en la mesa y la cara entre las manos, y me quedé mirándola un rato, hasta que tuve la sensación de que estaba a mi lado, después le susurré al viento: «Te perdono», como si el viento fuera ella, como si realmente pudiera oírme.

Me gustaría creer que sí.

Esa misma mañana, sentada en un banco, lejos del ruido de los coches y de las palabras que las personas están obligadas a pronunciar para no ahogarse en el miedo y el aburrimiento, he vuelto a escribir. He escrito durante horas, hasta que la mano y la espalda han empezado a dolerme. He escrito a vuelapluma, sin releer lo escrito, sin corregirlo. He dejado fluir las palabras junto con todos mis errores y, por primera vez en mi vida, me he sentido realmente libre.

Este año el invierno ha sido un soplido, entre los primeros exámenes de historia y de lengua de Camilla y mis tímidos propósitos de abrazarla al menos una vez al día.

No creo que me haya curado, porque uno no se cura nunca de ciertas tristezas. Son tristezas que se parecen a aquellos amores que, como no han empezado, no pueden acabar y su recuerdo vuelve cuando menos te lo esperas, en los momentos más inopinados, cuando creías que te habías librado de ellos, que los habías superado. Ciertas tristezas no pueden curarse sencillamente porque no son enfermedades. Corren por nuestras venas, bullen bajo nuestra piel, nos consumen, pero no pueden destruirnos. No mientras sintamos que todavía hay algo por lo que vale la pena luchar: una idea, un sueño, una esperanza, una sonrisa quizá.

Camilla sonríe sin miedo. No se esconde como siempre he hecho yo, como si ser feliz fuera un pecado. Durante muchos años estuve convencida de que mi cercanía podía perjudicarla de alguna manera, herirla. La observé de lejos y la quise a distancia, a mi manera, en silencio, para no interferir en su vida. Vi cómo mi padre le enseñaba a ir en bicicleta, la oí cantar en la ducha canciones sin sentido y por eso mismo maravillosas, la vi llorar y no tuve fuerzas para secar sus lágrimas. La vi cuidar de sus muñecas, sus lápices y sus camisetas de colores como si todos los objetos inanimados que hay sobre la faz de la Tierra tuvieran corazón. La escuché repetir de memoria los poemas del otoño y de la primavera que la maestra le hacía aprender de memoria, y cada vez que se atrancaba quise decirle que no importaba si olvidaba una palabra, que lo importante era seguir adelante, pero siempre callé.

Tenía miedo de que mi amor no fuera suficiente para salvarla, como no fue suficiente para mi madre, por eso aprendí a mantenerme a distancia de su limpia mirada, aprendí a defenderla de mis manos ásperas y perennemente frías.

Hubiera podido seguir así hasta el infinito, con mis pretextos bien ensayados y mis costumbres, quizá malsanas, pero en cualquier caso tranquilizadoras. Hubiera podido guardar la distancia, observar de lejos: habría envejecido en un abrir y cerrar de ojos y mi hija habría crecido sin que yo la cogiera nunca de la mano; le habría enseñado a despreciarme, a odiarme, y, finalmente, a olvidarme, pero no tomé en consideración sus osados sentimientos ni su valentía.

Nunca pensé que sería ella quien cogería la mía.

Ahora estamos tumbadas en un prado y el sol tibio de principios de abril, que todavía no quema, nos calienta lo suficiente para no sentir frío. Una hormiga se encarama por mi brazo y me hace cosquillas, pero no tengo ganas de moverme para sacudírmela y la dejo hacer. Camilla lleva una sudadera roja que le queda muy ancha y está leyendo un libro sobre fantasmas que actúan y monstruos que bailan. De vez en cuando lo apoya en su regazo, cierra los ojos y canturrea para sus adentros una canción que últimamente se oye en la radio. El parque huele a hierba recién cortada y los niños juegan a perseguirse, el juego que seguimos jugando de mayores: nos perseguimos para no perdernos, sin darnos cuenta de que de verdad ganamos cuando dejamos de escapar y corremos al encuentro de nosotros mismos.

Observo las nubes que se desplazan lentamente sobre nuestras cabezas. Algunas parecen inmóviles, pero es solo una impresión.

Escucho la respiración acompasada de Camilla, jugueteo con su pelo, enrosco sus mechones en mis dedos y observo de reojo su perfil, tan parecido al mío. De repente abre los ojos y me mira fijamente sin decir nada. No aparto la mirada y le sonrío.

—¿Podemos quedarnos un rato más? —me pregunta.

—Podemos quedarnos todo el tiempo que quieras.

Apoya la cabeza en mi hombro y empieza a contarme que de mayor le gustaría diseñar ropa. Desde hace algunas noches duerme con la luz apagada porque ya no le da miedo la oscuridad. Me dice que Giacomo será un científico muy famoso y que juntos viajarán por el mundo e incluso por el espacio. Me dice que hace unos días el abuelo le enseñó a bailar el tango y se me escapa la risa, porque mi padre no tiene ni idea de cómo se baila el tango; es más, no tiene ni idea de cómo se baila nada, pero no se lo digo. No le digo que si pienso que podría irse a la otra punta del mundo se me encoge el corazón, que cuando un día se enamore comprenderá que querer puede ser al mismo tiempo terrible y maravilloso. No le digo que muchas veces acabamos por olvidar lo que deseamos. Le dejo sus sueños, los mimo, los mantengo intactos.

«Será maravilloso, ya lo verás», le digo, aunque no tengo ni idea de qué pasará, y mientras se adormece apoyada en mí me vuelven a la mente todas las palabras que no he dicho, todos los bailes a los que he renunciado, todas las noches en que me impuse no mirar el cielo, y me doy cuenta de que a veces, en algunos casos, la felicidad puede elegirse. Y yo, aquí y ahora, tumbada en este prado este sábado de principios de primavera, elijo ser feliz.

Agradecimientos

Hace unos años iba a Florencia en un tren regional. Oyendo las conversaciones de la gente llegué a la conclusión de que todo el mundo tenía algo especial menos yo. Viéndolos gesticular, dormir y leer, se me ocurrió pensar que mi presencia, allí o en cualquier otro sitio, no tenía sentido. Sentí que no podía respirar y cuando bajé del tren tuve que sentarme en el suelo porque creí que me desmayaría. Una chica de manos suaves y ojos alegres se me acercó y me dijo: «Ven conmigo, te ayudaré a sentarte en un banco, aquí vas a pillar un resfriado».

Le doy las gracias, y también se las doy a quienes no permanecen indiferentes ni se esconden ante al dolor, a quien me abraza sin recelo.

También doy las gracias a quienes nunca me dijeron «¿Qué quiere esta?», a quien ha intentado entender por qué a veces no puedo respirar. A quien se acuerda de que me encanta el vino tinto, a quien no le importa lo que tengo o lo que dejo de tener y aprecia lo que soy. A quien me ha enseñado a admitir que tengo miedo, a quien me ha enseñado a pedir ayuda, porque no es cierto que siempre podemos salir adelante con nuestras propias fuerzas, sino que a veces, para salir adelante, necesitamos a los demás. Le doy las gracias a quien me ha obligado a aceptar mi tristeza, a quien me ha recordado lo importante que es llorar, a quien me ha regalado un libro, a quien ha pensado en mí escuchando una canción y después me ha dicho: «Tienes que oírla sí o sí». Gracias a quien se esfuerza en compartir las cosas buenas.

También doy las gracias a mis compañeras, que son como rocas, y a todos los niños con los que tengo el privilegio de hablar todos los días.

A todas las personas que leen mis libros, gracias para siempre.

A Nicholas, Emanuela, Elisa, Ilenia, Alessia y Fabiana por sus cuidados y sus atenciones. A los miembros de los grupos «DAeAS» por todas las cosas buenas.

A Cinzia y a Filippo, porque cuando estamos juntos somos invencibles. A mis amigas, que me han regalado la ligereza. A Giulia que quizá no sabe que es guapísima. A Simona, porque sin ella este libro no existiría. A Marta y a Paolo por su valiosa ayuda.

A Nicola por ser como es, por ser capaz de disipar las nubes, por haberme cogido la mano.

A Melissa, porque cuando viene a mi encuentro saltando me olvido de todo lo demás.

A mi madre y a mi padre por haberme enseñado la importancia del esfuerzo y lo que es el amor.

Gracias a todas las personas que han creído en mí, espero no haberos decepcionado.

Índice

Marina (la maestra de Livia) 11
Caterina (la madre de Livia) 17
Bianca (la mejor amiga de Livia) 21
Rosa (la abuela de Livia) 31
Caterina (la madre de Livia) 37
Lorenzo (un compañero de colegio de Livia) 43
Paolo (el amigo librero de Livia) 51
Bianca (la mejor amiga de Livia) 57
Edoardo (el padre de Livia) 63
Michele (el novio florentino de Livia) 69
Bianca (la mejor amiga de Livia) 75
Caterina (la madre de Livia) 79
Edoardo (el padre de Livia) 83
Enrica (la enfermera de la madre de Livia) 87
Leo (el amante por una noche de Livia) 93
Paolo (el amigo librero de Livia) 99
Caterina (la madre de Livia) 111

Marina (la maestra de Livia)	117
Francesca (la amiga del chat de Livia)	123
Paolo (el amigo librero de Livia)	133
Lorenzo (un antiguo compañero de Livia)	137
Alex (el compañero de Livia)	149
Bianca (la mejor amiga de Livia)	153
Ilaria (la compañera de habitación de Livia)	161
Alex (el ex de Livia)	165
Camilla (la hija de Livia)	171
Edoardo (el padre de Livia)	177
Camilla (la hija de Livia)	183
Giacomo (el mejor amigo de Camilla)	189
Edoardo (el padre de Livia)	193
Camilla (la hija de Livia)	203
Livia	211
AGRADECIMIENTOS	217

Descubre tu próxima lectura

Si quieres formar parte de nuestra comunidad,
regístrate en **www.megustaleer.club**
y recibirás recomendaciones personalizadas

Penguin
Random House
Grupo Editorial

megustaleer